COLLECTION
FOLIO CLASSIQUE

# Guy de Maupassant

# La Maison Tellier

*Édition présentée, établie et annotée*
*par Louis Forestier*
Professeur à la Sorbonne
*Nouvelle édition revue*

Gallimard

## PRÉFACE OU
## AU PLAISIR DES SENS

*Voici le livre des passions. Il est peu de recueils, dans l'œuvre de Maupassant où toutes les formes d'amour — y compris celles que la morale du temps réprouve — sont aussi complaisamment étudiées. Attirance des êtres les uns pour les autres, mais aussi passion pour les objets (et si les humains, les femmes surtout, n'étaient que des objets ?), les paysages. Ces pages regorgent de sensualité. On aura beau jeu de dire que cela vient de ce qu'elles sont écrites par un jeune homme de trente ans, débordant de vitalité. Cela n'explique pas entièrement cette attention portée à tout ce qui vit comme à tout ce qui meurt, l'un et l'autre également confondus dans une prodigieuse et universelle germination. De cette sensualité éperdue on attend tous les excès. Sans doute trouve-t-on de l'imprévu dans « La Maison Tellier » ou « Les Tombales », et de l'anormal dans « La Femme de Paul » : mais si joliment tournés qu'ils y prennent des allures de quotidien, si badinement contés que les ravages de la passion y sont, le plus souvent, atténués. On y attrape l'amour comme un rhume aux premiers beaux jours, très naturellement.*

*C'est que tout paraît aller de soi dans ces récits : on en franchit le seuil avec autant de facilité qu'on entre dans un matin de printemps ou un bal de banlieue, avec autant d'abandon qu'au creux d'un taillis durant une partie de campagne. La même séduction nous capte naturellement :*

*celle d'une glissade au gré de l'eau, tout comme celle d'une plus étrange promenade au fil des tombes. Il y a de l'aisance et du naturel dans les choses les plus inattendues. Tout vient d'abord d'une extrême simplicité : celle, par exemple, avec laquelle la « maison » de M^{me} Tellier accueille ses clients ; comme le dit la première phrase du récit : « On allait là, chaque soir, vers onze heures, comme au café, simplement. » Le confort aisé de la routine, en somme ! Rien qui heurte ou qui choque. La facilité du connu.*

*Aucune surprise apparente, non plus, dans les paysages. Devant le lecteur, deux sortes de perspectives s'ouvrent qui s'opposent et se repoussent mutuellement : la ville et la campagne. Le domaine urbain est le moins important dans ces pages : espaces à peine esquissés des bureaux ministériels que l'employé d' « En famille » quitte tous les soirs pour regagner une banlieue qui n'est guère plus réjouissante que l'antre administratif ; lieux sédentaires du petit commerce, comptoirs de quincaillerie où M^{me} Dufour et sa fille rêvent de grand air et de partie de campagne. À tout prendre, les allées des cimetières sont presque plus gaies que de vagues arrière-boutiques ou que des couloirs de ministères : les nécropoles sont de supercités vouées au calme. Aussi le héros des « Tombales » y trouve-t-il plus d'imprévu qu'ailleurs et la fréquentation des morts y est-elle, pour ainsi dire, plus vivante que celle de ces reclus que sont les petits boutiquiers et les gratte-papier. Ces univers du clos sont faits pour être fuis. Bien entendu, l'employé Maupassant, toute la semaine enfermé au ministère de la Marine ou de l'Instruction publique, est le premier à souffrir de la claustrophobie bureaucratique. Toutefois, ce Paris des gagne-petit, qu'il évoque plus qu'il ne le décrit minutieusement, n'est pas inconnu non plus de ses lecteurs : c'est celui de gens que l'on côtoie tous les jours, celui des quartiers presque périphériques (les Dufour habitent rue des Martyrs). De simples indications, jetées négligemment au détour d'une phrase (on n'apprend que tout à la fin de la nouvelle où demeurent les personnages d' « Une partie de campagne* »), *donnent au récit une impression de proximité familière.*

Plutôt que la ville, c'est la campagne que mettent en relief et magnifient plus des deux tiers du volume. Encore faut-il faire quelques distinctions. D'un côté, il y a la campagne des paysans : celle de « *La Maison Tellier* », de « *L'Histoire d'une fille de ferme* », du « *Papa de Simon* » ; de l'autre, c'est la campagne des citadins, les environs de Paris où les personnages d' « *Une partie de campagne* », de « *La Femme de Paul* » ou d' « *Au printemps* » viennent oublier la ville. La première est, dit-on, la campagne normande : celle au milieu de laquelle Maupassant a passé ses années d'enfance et où il aime revenir, chaque automne, à l'époque des chasses. Certes, « *La Maison Tellier* » se situe à Fécamp, dont les ruelles, l'église Saint-Étienne et le palais de la Bénédictine sont précisément évoqués, et dans l'Eure, vaste plateau où poussent le seigle et les colzas. « *L'Histoire d'une fille de ferme* » n'est pas géographiquement située et l'on ne déduit qu'il s'agit encore de la Normandie que grâce à certains détails, comme le parler des personnages ou la disposition des bâtiments ruraux, construits autour d'une prairie plantée de pommiers, ce qu'on appelle la « masure » en pays de Caux. La campagne où vit la Blanchotte — la mère du petit Simon — est encore plus indéterminée. Elle est fixée par des repères très simples, et finalement fort vagues : un village, une rivière au milieu des champs, une forge « ensevelie sous des arbres ». Rien de plus sommaire et, diront les détracteurs de l'écrivain, rien de plus banal. C'est que, en réalité, Maupassant ne fournit pas à son lecteur une description, mais une suggestion de campagne. Il ne donne pas une vision réaliste du monde, mais une illusion de vérité, selon la méthode qu'il définit, en 1888, dans l'étude sur « *Le Roman* » qu'il place en tête de Pierre et Jean. L'écrivain nous propose des bribes de connu ou de familier à partir desquelles il est aisé de nous composer notre propre réalité. La plupart du temps, on ne retrouve pas chez Maupassant, dans ses récits courts en tout cas, la minutie balzacienne ou l'étiquetage quasi *entomologique d'un Zola. Là où les uns nous contraignent à voir un décor bien spécifique, l'autre nous donne aisément à imaginer du connu à partir de notations que les mathématiciens qualifieraient de triviales. Même lorsque les paysages sont plus caractéristiques, leur évocation est faite à grands traits. Ainsi en va-t-il des bois de Saint-Cloud parmi lesquels le narrateur d' « Au printemps » n'a pas su prendre garde à l'amour. Plus précise, sans être pour autant excessivement minutieuse, est la présentation de la Grenouillère, dans « La Femme de Paul » : avec de simples détails, ceux que tout le monde connaît — même sans avoir fréquenté ces lieux —, Maupassant caractérise cet endroit qui tient de l'établissement de bains et de la guinguette : un ponton, un minuscule îlot planté d'un arbre, une foule bigarrée, c'est assez pour faire surgir une présence vivante dont les gazettes du temps rapportaient la chronique un peu scandaleuse et que, de leur côté, les impressionnistes immortalisaient (mais qui, dans le grand public, connaissait et prenait au sérieux un Monet ou un Renoir ?). Maupassant va plus loin. Il lui arrive de gommer la précision trop contraignante au profit d'une peinture plus généralisante. Le décor d' « Une partie de campagne » est tout à fait facile à identifier : il se situe, comme l'indique l'auteur en passant, près du pont de Bezons (heureuse époque où cet endroit était vraiment champêtre !) ; l'auberge Poulin, où déjeunent les personnages, existait réellement, de même que l'île aux Anglais, le barrage ou le lieu-dit Robinson. Comment Maupassant, qui s'y rendait toutes les fins de semaine et y louait une chambre, n'aurait-il pas bien connu ces lieux ? Cependant, tout en les fixant dans une géographie sociale notoire — celle des « canotiers » de Bezons et Chatou —, il leur donne une généralité suffisante pour que le lecteur y substitue tout un paysage intérieur familier : vision de rivière, abri de feuillage susceptibles de supporter toutes les rêveries élémentaires. S'il y a un réalisme chez Maupassant, il vient moins de l'auteur que du lecteur. Il n'est pas une vérité « photographique », comme on se plaisait à le croire, mais l'impression que l'écrivain nous donne, par un tour de passe-passe, d'être en présence de détails vrais, car connus et reconnaissables. Par là, il s'éloigne sensiblement de la notion de naturalisme telle que la définissait Zola (sans la pratiquer toujours, il est vrai).*

*On peut en dire autant de ses personnages : ils sont, à la fois, aussi précis qu'on peut le souhaiter et aussi généraux qu'il est possible. Caravan est l'image de l'employé médiocre, comme il en traîne dans tous les bureaux ; les antécédents de Chenet, le « docteur », qui fut naguère officier de santé, ne sont précisés que parce que la science de ces praticiens n'était guère prisée : c'était de notoriété publique. Aussi les traits sont-ils parfois forcés et tournent à la caricature : telle paysanne, « raide en sa toilette rustique, avait une physionomie de poule avec un nez pointu comme un bec ». Si l'on attendait Courbet, on trouve finalement Daumier. C'est l'homme de tous les jours que Maupassant nous donne à voir.*

*Il n'y a donc rien d'étonnant s'il met dans ses récits une grande part de vécu : ce n'est pas par hasard que le personnage principal d' « En famille » travaille au ministère de la Marine, ni que « La Maison Tellier » se situe à Fécamp, où la famille maternelle de l'auteur avait ses attaches. Maupassant est semblable au narrateur des « Tombales » : « Il tirait de ses observations, de ses aventures, de tout ce qu'il voyait, rencontrait et trouvait, des anecdotes de roman comique et philosophique en même temps. » Cette aptitude à regarder et à transcrire les choses du jour porte un nom : c'est le talent du chroniqueur. La chronique est alors un genre en vogue. Maupassant le pratique avec délectation. Il est vrai que cette cueillette de l'éphémère correspond à son tempérament. Il peut s'y abandonner au goût de la formule et à un certain penchant pour la gaieté. Mais la chronique cherche aussi à fixer ce qui est par essence fugitif, elle tend à donner forme, avec concision et rapidité, à ce qui ne vit que dans l'instant et disparaît aussitôt : choses du jour, nouvelles sans lendemain, visages entrevus, actualité passagère. Elle est une matière idéale pour un homme que séduit toute impression momentanée et convaincu des pouvoirs du récit court.*

Cela n'est pas sans conséquence sur la forme narrative des récits. L'écrivain s'implique, ici, plus qu'il ne le fait dans d'autres recueils. Deux histoires sont écrites à la première personne, « Sur l'eau » et « Au printemps ». Il ne faut pas affirmer, imprudemment, que ce *je* qui prend la parole est Maupassant, d'autant que, dans le second de ces textes, un autre *je* prend le relai du premier et ne saurait être confondu avec lui. On est pourtant bien obligé de reconnaître que les deux aventures sont de celles qui auraient pu arriver, au moins partiellement, à leur auteur : une partie de pêche sur la rivière, nous savons qu'il en était friand ; une partie d'amour avec une grisette, nous savons que cela ne lui déplaisait pas. Plus encore, ce sont des confidences, des tonalités qui laissent supposer qu'il entre beaucoup de Guy dans ce *je* qui, du coup, devient un jeu de cache-cache. Les lignes qui ouvrent « Sur l'eau » correspondent si bien à ce que nous disent certaines lettres de la même époque que la plupart des biographies de Maupassant les citent comme une confidence personnelle de l'écrivain. Il est vrai que, vers 1875, il loue une chambre dans une auberge des bords de Seine et qu'il écrit à sa mère : « Quant à moi, je canote, je me baigne, je me baigne et je canote. Les rats et les grenouilles ont tellement l'habitude de me voir passer à toute heure de la nuit avec ma lanterne à l'avant de mon canot qu'ils viennent me souhaiter le bonsoir. Je manœuvre mon gros bateau comme un autre manœuvrerait une yole », et de souligner l'ébahissement de ses amis canotiers quand il vient, vers minuit, « leur demander un verre de rhum ». Après une ouverture à la première personne, la parole est déléguée — en vertu d'un procédé bien connu d'enchâssement du récit — à un second personnage qui, lui aussi, dit *je* et, lui aussi, ressemble par certains côtés à Maupassant. La preuve en est fournie par le manuscrit du conte : le narrateur y déclare habiter non chez « la mère Lafon », mais chez cette veuve Poulin que nous avons déjà rencontrée ; d'autre part, *l'ami canotier, anonyme dans la version définitive, porte un nom dans le manuscrit, Hadji Marcomir : or, Hadji était le surnom d'un des camarades canotiers de Maupassant. La voix narrative, sans être entièrement autobiographique pourrait bien se confondre, à plusieurs reprises, avec celle de Maupassant. Le je est ambigu : ni tout à fait lui, ni tout à fait un autre, parfois partagé entre deux personnages pour transmettre une seule et même expérience comme si cette première personne s'abandonnait déjà à une fascination du double. J'ai déjà suggéré que le narrateur des « Tombales », viveur, encore jeune et curieux de tout ce qui touche la vie parisienne, pouvait ne pas être sans parenté avec l'auteur. Ainsi, lorsque Maupassant introduit un de ses récits par un procédé de présentation indirecte, c'est lui-même qui se donne secrètement la parole. Il en ira tout autrement dans des recueils postérieurs où la narration sera souvent confiée à un témoin — médecin, militaire ou homme de loi — dont la profession confère une dimension particulière au récit. C'est que, dans* La Maison Tellier, *le vrai témoin c'est l'auteur. Aussi ne délègue-t-il pas volontiers son propos à un tiers : les histoires de type enchâssé ne sont qu'au nombre de trois (« Les Tombales », « Sur l'eau », « Au printemps »). Dans le reste du recueil, l'écrivain tend à s'identifier au narrateur qui conduit l'intrigue. Anonymement ou à travers des prête-noms transparents, c'est presque toujours Maupassant qui parle. C'est pourquoi* La Maison Tellier *est le recueil dans lequel, sans se laisser aller à l'autobiographie, l'écrivain se confie le plus. Là encore, nous avons l'impression de nous mouvoir dans un domaine familier : celui d'une biographie spirituelle.*

*Il ne faut pas s'y fier. L'impression de connu, de proximité que nous donnent les histoires de Maupassant n'est qu'un leurre. Ce n'est qu'une illusion de plus pour mieux nous duper et nous attacher inconsciemment à notre plaisir. Jamais nous ne sommes plus loin de ce qu'il nous raconte que lorsque nous avons l'impression d'y participer de plain-pied. La vérité est que le monde qu'il*

*nous dévoile est étrange et, quelquefois, étranger. Il renou-
velle à sa manière cette vieille notion d'exotisme sur
laquelle les générations littéraires précédentes avaient
fondé tant de durables succès. J'entends les objections :
exotisme, le bordel de Fécamp ? et les bois de Bezons ? et la
rue des Martyrs ? Ce serait prendre le lecteur pour un
imbécile : après tout, qui sait ? Évidemment, si l'on considère comme exotique le seul dépaysement géographique, on
aura du mal à le trouver dans le compartiment de seconde
classe qui emporte M^{me} Tellier et sa garnison de Fécamp
jusque dans l'Eure via Bréauté-Beuzeville. Il arrive parfois
à Maupassant de pratiquer, pour de bon, cet éloignement
dans l'espace. Un récit comme « Marroca » (paru en 1882
et repris dans* Mademoiselle Fifi*) se présente explicitement
sous le signe de la différence : « Tu m'as demandé de
t'envoyer mes impressions, mes aventures, et surtout mes
histoires d'amour sur cette terre d'Afrique qui m'attirait
depuis longtemps. » Suit, en effet, une histoire étrange et
sauvage. Même procédé dans « Allouma », que Maupassant situe en Algérie, ou dans « Châli » qui se passe en Inde
centrale : ce dernier texte souligne le caractère merveilleux
et lointain du pays et multiplie, à dessein, des termes qui
créent une saturation du texte (« étrange », « surprenant »,
« prodigieux », « magnificence », « invraisemblables »,
« fantastiques », « féeries », etc.). Une chronique, parue en
1883 et intitulée « L'Orient », montre à quel point l'exotisme sert d'épanchement au rêve. Il n'est évidemment pas
question de cela dans* La Maison Tellier *qui ne dépasse
pas les frontières de la banlieue parisienne et de la
Normandie.*

*Pour comprendre à quel dépaysement Maupassant invite
ses lecteurs, il faut essayer de définir ce qu'ils sont. À quel
type de public s'adresse-t-il ? Question difficile à résoudre
si l'on ne considère que le moment où les contes paraissent
en volume. En revanche, la réponse devient plus facile
lorsqu'on sait que presque toutes ces pages ont d'abord
paru dans des périodiques ou des quotidiens avant d'être
réunies en recueil : spécialement dans* La Réforme, La Vie

moderne, La Revue politique *ou* Gil Blas. *Or chaque
publication s'adresse à une clientèle spécifique. Le point
commun à tous les lecteurs de ces diverses revues ou
journaux est qu'ils appartiennent à une classe aisée,
cultivée, goûtant la vie parisienne. Il est évident que rien
n'est plus éloigné de leur mode d'existence que les aventures
de ces petits-bourgeois médiocres, boutiquiers avachis,
provinciaux en mal de sensations ou campagnards trop
enfoncés dans la glèbe. S'ils peuvent se sentir concernés par
les émotions éprouvées par les personnages, ils ne sau-
raient être sensibles à leur environnement, leur manière de
se comporter ou de vivre. Ils sont, de toute évidence, d'un
autre monde, presque étrange, avec lequel toute communi-
cation et toute connivence sont impossibles. On n'imagi-
nerait pas, en effet, qu'un lecteur mondain aille se commettre avec Rosa la Rosse ou avec une entraîneuse de la
Grenouillère (mais « Monsieur Paul » le fait bien...), voire
avec ce balourd de Cyprien. Lorsqu'on fait partie d'une
société qui se veut distinguée par ses manières et sa culture,
on se croit aussi éloigné des paysans, provinciaux ou
employés que de l'Inde centrale.*

*On peut dire que Maupassant pratique, de façon origi-
nale, un exotisme social et un exotisme moral. C'est
pourquoi le lecteur s'identifie mal, par exemple, à la
médiocrité des Caravan, dans « En famille ». L'étroitesse
de leurs relations, la platitude de leur conversation sont
évidentes. Il n'est pas jusqu'à la dispute finale entre beaux-
frères et belles-sœurs qui ne tourne à l'empoignade de
ruisseau : les hommes se traitent de « révolutionnaires et
communistes » ; les invectives fusent entre les femmes,
« l'une énorme avec son ventre menaçant, l'autre épileptique et maigre, la voix changée, la main tremblante » et
chacune de s'envoyer « à pleine gueule des hottées
d'injures ». Le registre de la farce et de la caricature
maintient une distance entre les acteurs et leurs lecteurs-
spectateurs. Ailleurs, c'est le côté conventionnel d'un
personnage qui creuse l'écart ; ainsi Rémy, le forgeron mis
en scène dans « Le Papa de Simon », est figé dans l'attitude*

*mythique du bon ouvrier : « Philippe resta debout,
appuyant son front sur le dos de ses grosses mains que
supportait le manche de son marteau dressé sur l'enclume.
Il rêvait. »* Consciemment ou non, Maupassant retrouve
une figure qui tire ses origines des illustrations de l'Histoire de la Révolution française *de Thiers et trouve sa pire
expression dans ces garnitures de cheminée en régule dont
un mauvais goût fin de siècle inonda les bazars (la grand-
mère Caravan possède ce type d'objet « d'art » !). Entre « Le
Forgeron » de Rimbaud et « La Grève des forgerons » de
Coppée, Maupassant dessine un ouvrier moins étrange
qu'étranger. La distance morale entre les héros de Maupassant et leur public est encore plus grande : ce sont les
frontières lointaines d'un domaine interdit. Les prostituées
en sont les premières habitantes ; elles sont méprisées « du
mépris inné des hommes de famille », comme dit Bel-Ami.
Qu'elles soient pensionnaires d'une « maison » honorable-
ment connue ou racoleuses géniales, comme la « Tombale »
qui porte des deuils aussi imprévisibles qu'attendrissants,
elles bafouent un ordre alors respecté. Même les « occasion-
nelles », gamines délurées ou cousettes désireuses de boucler
une fin de mois difficile, ne pouvaient susciter l'indulgence.
Et que dire des amours parallèles, huées par le menu peuple,
de ces ébats saphiques que, dans « La Femme de Paul »,
l'écrivain met en scène avec une audace calculée ? En effet,
si l'homosexualité féminine était mieux tolérée dans le
roman, comme le montre* Notre cœur, *que l'homosexualité
masculine, elle n'en sentait pas moins le soufre.*

*Les prostituées sont promues aux premiers rangs, batail-
lon des joies tristes, ménagères de la « débauche honnête et
médiocre ». Les voici toutes : filles de maison, filles en
carte, clandestines. Ces dernières sont les plus misérables,
traquées par la police, à moins qu'elles n'aient l'idée
admirable, selon Maupassant, d'exercer leur métier sous le
masque. « Les Tombales », déguisées en veuves, font « le
cimetière comme on fait le trottoir », et tâchent, auprès des
maris et des amants solitaires, « d'exploiter les regrets
d'amour qu'on ranime en ces lieux funèbres ».*

La pensionnaire de maison close tient dans l'œuvre de
Maupassant une place importante, comme dans celle de
Toulouse-Lautrec. Le rapprochement a été souvent fait ; il
s'impose. « Au Salon » ou « Le Canapé », qui datent de la
mort de Maupassant, traduisent, chez le peintre, des
sentiments que « La Maison Tellier » fait éprouver au
lecteur. Au moment où Guy se met à écrire, la peinture de la
prostituée n'est pas une nouveauté (on citerait Zola,
Goncourt, Huysmans ou Alexis). « Boule de suif », « La
Maison Tellier » s'inscrivent dans une tradition. Maupassant rejette, délibérément, le côté naturaliste aussi bien que
le penchant égrillard, sauf lorsqu'ils servent, passagère-
ment, à typer des créatures. Maupassant ne cherche pas les
responsabilités, il ne les dénonce pas. Pourtant, l'écriture
même finira par les démasquer.

On pourrait aller loin dans l'étude de cette question.
L'auteur y invite, car il le dit : il a de l'intérêt pour ces
abandonnées. Il observe, avec beaucoup de justesse, leurs
pudeurs, leurs révoltes, leurs élans de sensibilité, leurs
crises religieuses et leur tendresse pour les enfants. Sans
doute, tout cela correspond à des nostalgies et à des
transferts d'affection que leur métier explique. Les filles
s'attendrissant devant la communiante, Rosa éclatant en
sanglots à l'église, autant de notations appuyées sur la
stricte vérité. La preuve en est faite par un curieux ouvrage
du temps (La Prostitution, par le D$^r$ Reuss, 1889). J'en
extrais ces quelques lignes :

Les filles publiques, malgré l'état de dégradation dans
lequel elles vivent, ont conservé au fond d'elles-mêmes
des sentiments moraux qui s'éveillent parfois avec une
énergie singulière, elles ont gardé, du milieu d'où elles
sont sorties, ce besoin de solidarité, de commisération et
de pitié qui frappe tant l'esprit d'un observateur cons-
ciencieux [...] Les filles publiques ont plus de retenue
devant les femmes, devant les mères de famille surtout,
que devant les hommes [...] Quelques prostituées ont
conservé des sentiments religieux exaltés [...] Je ne

saurais passer sous silence [...] l'amour qu'elles témoi-
gnent en général à leurs enfants.

*Pour la plupart, les personnages de ces récits apparais-
sent dévalués, moralement et socialement. Maupassant les
défigure, en outre, par des tares physiques ou intellec-
tuelles. Passons sur le mollet déformé de certaines femmes
mûres (« jambe de vachère » dit Maupassant, ou « enva-
hissement de graisse tombant des cuisses » !). Il reste la
faiblesse ridicule de Caravan et sa mollesse (« figure
rougeaude », « cou graisseux », « bedon tombant entre
deux jambes flasques et grasses »), la pochardise de M. Dufour, le peu de charme de son commis avec sa « chevelure
jaune », le semi-gâtisme de la grand-mère d' « Une partie de
campagne », sans compter le jeune Philippe-Auguste (quel
noble prénom pour un traîne-ruisseau !) qui nous est
montré comme « un vilain mioche, dépeigné, sale des pieds
à la tête, avec une figure de crétin ». Le portrait de
Raphaële, l'une des prostituées de « La Maison Tellier »,
pousse le procédé à l'extrême : « Maigre, avec des pommettes saillantes plâtrées de rouge. Ses cheveux noirs,
lustrés à la moelle de bœuf, formaient des crochets sur ses
tempes. Ses yeux eussent paru beaux si le droit n'avait été
marqué d'une taie. Son nez arqué tombait sur une
mâchoire accentuée où deux dents neuves, en haut, faisaient tache à côté de celles du bas qui avaient pris en
vieillissant une teinte foncée comme les bois anciens. »
Tous les personnages ne sont pas à ce point tirés vers la
caricature. Tous relèvent néanmoins de la simplification.
On ne leur retrouve pas, dans la nouvelle, l'épaisseur que le
roman est susceptible de leur donner. Cela tient à quelques
nécessités qui définissent le genre court. Les héros et la
matière diffèrent peu de ceux qu'emploie couramment le
roman de l'époque. C'est le monde contemporain qui est
mis en scène, avec ses hommes de tous les jours et ses
aventures quotidiennes. Les naturalistes se complaisent à
noter ces « petits faits vrais ». Les sujets relèvent de
l'anecdotique : par exemple, l'histoire tragi-comique d'une*

*fausse morte-ressuscitée, comme dans « En famille ». Le
narrateur des « Tombales » avoue clairement cet intérêt
pour les individus et les choses du jour : « Je me promène
beaucoup dans Paris, comme les bibelotiers qui fouillent
les vitrines. Moi je guette les spectacles, les gens, tout ce qui
passe, et tout ce qui se passe. » À la limite, le fait divers, tel
que les journaux de l'époque le publient par colonnes
entières, devient la matière idéale du récit. Caravan est
l'adepte le plus passionné de cette littérature : « S'il lisait
dans son journal d'un sou les événements et les scandales,
il les percevait comme des contes fantaisistes inventés à
plaisir pour distraire les petits employés. » Le narrateur
insiste sur le caractère spécifique, extraordinaire et particulier de l'aventure. Ainsi, dans « Au printemps » : « Écoutez mon histoire » ; dans « Les Tombales » : « Il m'est
arrivé une singulière histoire » ; et, presque dans les mêmes
termes, dans « Sur l'eau » : « Je vais vous dire une singulière aventure. »*

*La brièveté du récit entraîne un corollaire : la nature de
la conclusion. Dans ces œuvres courtes tout tend vers la
fin, tout est organisé en fonction des dernières phrases —
chute ou pointe, comme on voudra. L'exemple le plus
célèbre est fourni par « La Parure » (Contes du jour et de
la nuit) où le ménage Loisel, qui s'est condamné à dix ans
de vie misérable pour rembourser des bijoux empruntés et
perdus, apprend finalement qu'ils étaient faux. Dans La
Maison Tellier aucun conte n'aboutit à un tel retournement : sauf, peut-être, les derniers mots de « Sur l'eau »
qui, tout en donnant la clef du mystère, effacent l'apaisement qui s'était instauré et renforcent l'impression de
malaise qui plane sur l'ensemble du texte. La plupart des
autres conclusions ne sont pourtant pas anodines. Elles
obligent à reconsidérer sous un jour nouveau toute l'aventure qui vient d'être narrée et à opérer la relecture du texte
dans une perspective différente. En somme, les dénoue-
ments changent la règle du jeu. Lorsque M^{me} Tellier, toute à
la joie du retour à sa maison bien « close », déclare que
« ça n'est pas tous les jours fête », que veut-elle dire ? où est*

*la vraie fête : dans la vie marginale et artificielle qui est la sienne, ou dans la cérémonie de première communion à laquelle elle vient d'assister ? Dans « En famille », la dernière question de Caravan est : « Qu'est-ce que je vais dire à mon chef ? » Dérisoire préoccupation qui souligne la médiocrité du personnage et qui ouvre d'inquiétantes perspectives : que trouver d'autre à dire sur ces heures étranges durant lesquelles la mort est venue narguer les vivants, sinon que l'on n'en pourra parler. Elle est un double néant. Les derniers mots, souvent humoristiques, semblables à une pirouette, engagent le lecteur à réfléchir sur un sens second et caché du texte, le pousse à prendre conscience de tout un innomé du conte qui est peut-être aussi un innommable. Ainsi, les ultimes propos de l' « Histoire d'une fille de ferme », malgré leur ton optimiste et rassurant, masquent probablement une inquiétante situation souvent abordée dans l'œuvre de Maupassant : l'irruption dans le couple d'un fils de personne. C'est à un véritable renversement du sens que l'on aboutit. Ce qui s'affirmait joie devient menace. Le bref désordre qui s'était annulé, pour reprendre l'expression par laquelle Sartre définit la nouvelle de Maupassant, reparaît sous une autre forme. L'ordre, qui semblait s'être rétabli, est à nouveau rompu. Qui rit à la première lecture du texte, à la seconde pleurera. « Sur l'eau » montre bien ce retournement : toute la deuxième partie du récit souligne l'apaisement du narrateur et laisse supposer qu'il a été victime d'hallucinations, mais la dernière phrase renvoie brutalement au monde des profondeurs, celles de l'eau comme celles de l'âme.*

*Ce type de conclusion met en évidence la construction antithétique du récit. « La Maison Tellier » en fournit un bon exemple, car les oppositions s'y superposent et s'y multiplient. La première s'établit entre la nature de la « maison » et son allure : lieu « public » où l'on se trouve cependant aussi à l'aise que dans sa demeure privée, lieu réputé immoral où règne une bienséance bourgeoise. Maupassant s'amusera, quelques années plus tard, à pousser cette ambiguïté jusque dans ses extrêmes limites en faisant prendre le salon du premier Président au tribunal de Vannes pour la maison de tolérance du lieu et en conférant aux bourgeoises du cru la même apparence que des filles de noce. L'antagonisme de deux horizons moraux, éclate avec évidence, de même que s'opposent ville et campagne, pénombre et lumière, claustration et liberté. Ces derniers contrastes se retrouvent aussi dans « Une partie de campagne ». « Au printemps », enfin, dresse l'une contre l'autre l'expansion amoureuse du jeune homme et l'étiolement sentimental de l'homme mûr, l'espoir en l'avenir et l'expérience d'un passé qui conduit à croire que* seul le pire arrive, *comme dit Huysmans.*

*Ces effets de tension qui constituent l'un des principaux intérêts du récit court sont accentués par une tendance à pousser les détails jusqu'à l'excès. Avant de parvenir sur le site de leur escapade champêtre, aperçu comme une sorte d'Éden, la famille Dufour, traverse des paysages de banlieue dont la laideur est amplifiée à dessein :*

Des deux côtés de la route se développait une campagne interminablement nue, sale et puante. On eût dit qu'une lèpre l'avait ravagée, qui rongeait jusqu'aux maisons, car des squelettes de bâtiments défoncés et abandonnés, ou bien de petites cabanes inachevées faute de paiement aux entrepreneurs, tendaient leurs quatre murs sans toit.

De loin en loin, poussaient dans le sol stérile de longues cheminées de fabriques, seule végétation de ces champs putrides où la brise du printemps promenait un parfum de pétrole et de schiste mêlé à une autre odeur moins agréable encore.

*Inversement, dans « Au printemps », c'est la splendide exubérance de la nature qui est magnifiée : « Sous le feuillage un peu grêle encore, l'herbe, haute, drue, d'un vert luisant, comme vernie, était inondée de soleil. » À la brièveté de la narration, à la force de l'effet final, s'ajoute une sorte de concentré de quotidien. L'accumulation des termes utilisés pour décrire un paysage, un objet ou un individu sature tout le texte. Chaque détail rassemble en lui la somme de ses virtualités, de la même manière que l'on rencontre, à la Grenouillère, «* toute la crapulerie distinguée *» et «* toute la moisissure de la société *».*

*La nécessité d'aller vite au but interdit à la nouvelle les longues préparations et les minutieuses analyses de caractère : une douzaine de pages ne le permet pas. Maupassant utilise un subterfuge : de même qu'il plonge le lecteur dans des milieux connus, par ouï-dire sinon par expérience, de même il campe des personnages familiers par leur allure, leur profession ou leur milieu social. Il recourt au type. Caravan est le représentant du petit-bourgeois et de l'employé; Joseph de Bardon, des «* Tombales *», est l'homme du monde. Madeleine et les demoiselles de la maison Tellier présentent les diverses facettes de la fille facile. Cette typologie est si claire qu'il n'est même plus besoin de nommer les personnages : aucun de ceux qui paraissent dans «* Au printemps *» ne porte un nom ou un prénom : c'est* je, *c'est* il, *c'est* elle, *données à la fois généralisantes et suffisantes. Ce recours aux classifications est parfois présent dès le titre :* histoire d'une fille de ferme. *On voit bien que ce qui intéresse Maupassant ce n'est pas un personnage, finalement anonyme comme cette fille de ferme ou ces «* Tombales *», mais l'histoire à laquelle il va être mêlé. Ces récits sont d'abord des actions, des moments de vie — en famille, à la campagne, au printemps — dont les acteurs sont des types plutôt que des individus. Cela n'empêche pas l'écrivain de particulariser son personnage par quelque détail :* Henriette Dufour a des cheveux très noirs, une peau très brune. *Elle n'en reste pas moins «* une de ces femmes dont la rencontre dans la rue vous fouette d'un désir subit *». Une de ces..., par ces mots elle se perd dans la catégorie du général, du connu, du classifié, sans qu'il soit besoin d'entrer davantage dans les explications. Les personnages agissent comme des marionnettes à l'intérieur d'une histoire dont seule la structure et* *le fonctionnement l'intéressent. C'est donc par simple commodité de langage que l'on parle de* héros. *Le seul vrai personnage du récit, le seul qui ait pouvoir et personnalité, c'est le narrateur, auquel Maupassant s'identifie souvent.*

*Son rôle consiste à filtrer l'information. Aussi ne garde-t-il que ce qui concourt à l'efficacité et à la densité de la narration. Contrairement à l'une des plus constantes revendications du naturalisme (celle que proclame Zola : « Tout voir et tout peindre »), Maupassant se donne une liberté de choix à l'intérieur du réel. Il dit tout, mais seulement tout ce qui est strictement nécessaire. Pas de détails superflus. L'écrivain concentre son regard sur l'anecdote, libérant choses et gens des attaches qui pourraient les lier à autre chose qu'au présent du récit : ils existent dans l'instant, sans passé et presque sans avenir, ce qui accentue le pessimisme du recueil. Maupassant prélève dans le réel ce qui lui permet d'assurer la structure de la nouvelle et d'en augmenter la puissance.*

*Les indications de décor concourent au même dessein. Rien de gratuit dans les descriptions. Non seulement parce qu'elles sont réduites à l'essentiel, mais parce qu'elles contribuent à la caractérisation des personnages et à la création d'une atmosphère. La pendule que s'adjugent les Caravan est le type du mauvais goût petit-bourgeois conformiste : « C'était un de ces objets grotesques comme en produisit beaucoup l'art impérial. Une jeune fille en bronze doré, la tête ornée de fleurs diverses, tenait à la main un bilboquet dont la boule servait de balancier. » En même temps qu'ils condamnent une époque, ces détails soulignent le ridicule des acteurs. De même, Maupassant n'évoque pas une journée de printemps par l'explosion végétale qui le marque, mais par l'impression d'épanouissement qu'il suscite : « Les gens qu'on rencontrait souriaient ; un souffle de bonheur flottait partout dans la lumière chaude du printemps revenu. »*

*Description et sensations se confondent tant ces dernières tiennent de place dans l'œuvre de Maupassant. L'écrivain est aux aguets de tout ce qui peut se percevoir physiquement. Il existe évidemment, pour lui comme pour chacun, une hiérarchie des sens. Le moins affiné semble celui du goût (mais il sait définir « la saveur âcre du laitage » qui crème au frais). L'ouïe et le toucher sont déjà plus précis : la nuit est toute remplie de bruits divers, le rossignol accompagne de son chant les amours d'Henriette, les serins s'égosillent au même titre que les jeunes employées (ce qui n'est peut-être pas une coïncidence flatteuse). L'impression tactile essentielle est celle de la douceur et de la caresse, celles du vent, du soleil, des mains, des lèvres... Un bien-être physique envahit alors les personnages, les femmes surtout. Les perceptions les plus subtiles sont celles de l'odorat et de la vue. Moins qu'à la spécificité des parfums, l'auteur est sensible à leur effet, à leur influence entêtante, envoûtante : « Tous les jardins des environs étaient à cette saison pleins de fleurs, dont les parfums, endormis pendant le jour, semblaient s'éveiller à l'approche du soir et s'exhalaient, mêlés aux brises légères qui passaient dans l'ombre. » Quant au regard — sens dominant chez un romancier, affirme Maupassant — il est celui d'un contemporain des Impressionnistes. Non seulement les couleurs franches éclatent en contrastes ou complémentarités, mais elles se mêlent par petites touches juxtaposées. Choisissons deux exemples : « L'herbe haute, où les pissenlits jaunes éclataient comme des lumières, était d'un vert puissant, d'un vert tout neuf de printemps » ; et voici un célèbre passage de « La Maison Tellier », qu'il faut saisir dans son ensemble, de la même façon qu'on regarde dans sa simultanéité un tableau de Renoir :*

Les colzas en fleur mettaient de place en place une grande nappe jaune ondulante d'où s'élevait une saine et puissante odeur, une odeur pénétrante et douce, portée très loin par le vent. Dans les seigles déjà grands, des bleuets montraient leurs petites têtes azurées que les femmes voulaient cueillir, mais M. Rivet refusa d'arrêter. Puis parfois, un champ tout entier semblait arrosé de sang tant les coquelicots l'avaient envahi.

Ces lignes montrent combien Maupassant est attentif à mêler des sensations diverses. L'écriture a la possibilité de confondre les sens en un plaisir total, en une vibration nerveuse de tout le corps : « Les grands foins, prêts à être fauchés, étaient remplis de fleurs. Le soleil qui baissait étalait dessus une nappe de lumière rousse, et, dans la chaleur adoucie du jour finissant, les flottantes exhalaisons de l'herbe se mêlaient aux humides senteurs du fleuve, imprégnaient l'air d'une langueur tendre, d'un bonheur léger, comme d'une vapeur de bien-être. » La sensation excite d'autant plus qu'elle se présente avec une acuité particulière. « L'essence même du tempérament artistique, écrit Maupassant, est de percevoir vivement tous les spectacles du monde ambiant. » Sensation, devient synonyme de passion aiguë, joie ou souffrance. Aussi l'image sensorielle sera-t-elle le moyen rêvé pour rendre perceptible une émotion, un trait psychologique sans avoir à l'analyser abstraitement : l'auteur donne à sentir et à reconnaître. Ainsi, à quelques pages de distance : « Ces questions lui entraient dans la peau comme des épingles », ou « un besoin fou [...] de courir devant le malheur comme un vaisseau devant la tempête. » L'appel au concret et au connu dispense de développements et concourt à la densité du récit. L'exemple le plus net de cette image explicative, et non décorative, se trouve dans « Une partie de campagne » où le chant du rossignol module la montée de la jouissance chez Henriette. La description est métaphorique. Maupassant donne à comprendre en donnant à écouter ou à voir.

Sensibilité, c'est aussi sensualité. L'amour est présent dans la totalité des contes, sauf deux. Le cœur et la raison y sont moins intéressés que les mains ou les lèvres. Dans « Une partie de campagne » le désir charnel rôde, tourmentant les corps et les inquiétant : « Un besoin vague de jouissance, une fermentation du sang parcouraient sa chair excitée par les ardeurs de ce jour. »

Ces amours, vénales, campagnardes, coupables ou marginales ne sont que quelques moments d'abandon qui

*vouent une existence entière à l'inquiétude ou au regret.
Car l'homme et la femme sont victimes du piège du désir.
L'assouvissement les sépare plus qu'il ne les rapproche.
Lorsque les amoureux d' « Une partie de campagne »
sortent du sous-bois, ils semblent « devenus ennemis
irréconciliables », désunis par la haine et le dégoût. On
dirait que l'amour prélude à un déchirement de l'individu.
Ils semblaient pourtant bien faits pour se compléter, cet
Henri et cette Henriette dont les noms se font écho. Ils ne
sont que deux faces d'un même être appliqué à se faire peur
et à se déchirer. C'est ce que font aussi Paul et Pauline,
doublets... ou double qui conduit l'autre au suicide,
comme le fera plus tard le Horla. Il y a donc une « autre
face des choses, la mauvaise ». Celle où l'humanité se
bestialise : telle femme possède une physionomie de poule,
telle autre ressemble à une sauterelle, les danseurs de la
Grenouillère sont pareils à des crapauds. Un monde
d'animaux livrés à l'agitation. Tout ce mouvement n'est
que pour s'étourdir, pour échapper à la curiosité dange-
reuse des profondeurs : celles de la femme et celle de l'eau.
Car l'une et l'autre apportent avec elles la folie et la mort.
Alors se lève l'angoisse qui paralyse la raison, comme chez
Rose, et la démence qui précipite Paul dans un tourbillon
bouillonnant. Et la voici la visiteuse, la Mort, partout
cachée derrière chaque page tournée. Doucereuse, sou-
riante ou grotesque ; trompeuse pour mieux attraper sa
proie. C'est la mare qui appelle Rose, le ruisseau qui tente le
petit Simon, la rivière qui engloutit Paul ou qui restitue la
vieille noyée avec sa pierre au cou. C'est la grand-mère
Caravan, morte vivante, fantôme dérisoire au royaume du
burlesque, et ce sont les Tombales qui cherchent Eros sur
les chemins de Thanatos.*

*Ce livre de soleil et de sensualité est aussi le livre de
l'ombre et de la douleur. Le rire n'y est pas loin du rictus, ni
le spasme de l'amour de celui de l'agonie. Illusion que les
minutes de bonheur. Pourquoi tant de gaieté voile-t-elle
tant de tristesse et d'inquiétude ?*

Louis Forestier

# La Maison Tellier

# LA MAISON TELLIER

On allait là, chaque soir, vers onze heures, comme au café, simplement.

Ils s'y retrouvaient à six ou huit, toujours les mêmes, non pas des noceurs, mais des hommes honorables, des commerçants, des jeunes gens de la ville ; et l'on prenait sa chartreuse en lutinant quelque peu les filles, ou bien on causait sérieusement avec *Madame*, que tout le monde respectait.

Puis on rentrait se coucher avant minuit. Les jeunes gens quelquefois restaient.

La maison était familiale, toute petite, peinte en jaune, à l'encoignure d'une rue derrière l'église Saint-Étienne[1] ; et, par les fenêtres, on apercevait le bassin plein de navires qu'on déchargeait, le grand marais salant appelé « la Retenue » et, derrière, la côte de la Vierge avec sa vieille chapelle toute grise[2].

*Madame*, issue d'une bonne famille de paysans du département de l'Eure, avait accepté cette profession absolument comme elle serait devenue modiste ou lingère. Le préjugé du déshonneur[3] attaché à la prostitution, si violent et si vivace dans les villes, n'existe pas dans la campagne normande. Le paysan dit : — « C'est un bon métier » ; — et il envoie son enfant tenir un harem de filles comme il l'enverrait diriger un pensionnat de demoiselles.

Cette maison, du reste, était venue par héritage d'un vieil oncle qui la possédait. *Monsieur* et *Madame*, autrefois aubergistes près d'Yvetot, avaient immédiatement liquidé, jugeant l'affaire de Fécamp plus avantageuse pour eux ; et ils étaient arrivés un beau matin prendre la direction de l'entreprise qui périclitait en l'absence des patrons.

C'étaient de braves gens qui se firent aimer tout de suite de leur personnel et des voisins.

Monsieur mourut d'un coup de sang deux ans plus tard. Sa nouvelle profession l'entretenant dans la mollesse et l'immobilité, il était devenu très gros, et la santé l'avait étouffé.

Madame, depuis son veuvage, était vainement désirée par tous les habitués de l'établissement ; mais on la disait absolument sage, et les pensionnaires elles-mêmes n'étaient parvenues à rien découvrir.

Elle était grande, charnue, avenante. Son teint, pâli dans l'obscurité de ce logis toujours clos, luisait comme sous un vernis gras. Une mince garniture de cheveux follets, faux et frisés, entourait son front, et lui donnait un aspect juvénile qui jurait avec la maturité de ses formes. Invariablement gaie et la figure ouverte, elle plaisantait volontiers, avec une nuance de retenue que ses occupations nouvelles n'avaient pas encore pu lui faire perdre. Les gros mots la choquaient toujours un peu ; et quand un garçon mal élevé appelait de son nom propre l'établissement qu'elle dirigeait, elle se fâchait, révoltée. Enfin elle avait l'âme délicate, et bien que traitant ses femmes en amies, elle répétait volontiers qu'elles « n'étaient point du même panier »

Parfois, durant la semaine, elle partait en voiture de louage avec une fraction de sa troupe ; et l'on allait folâtrer sur l'herbe au bord de la petite rivière qui coule dans les fonds de Valmont [1]. C'étaient alors des parties de pensionnaires échappées, des courses folles, des jeux enfantins, toute une joie de recluses grisées par le grand air. On mangeait de la charcuterie sur le gazon en

buvant du cidre, et l'on rentrait à la nuit tombante avec
une fatigue délicieuse, un attendrissement doux ; et dans
la voiture on embrassait Madame comme une mère très
bonne, pleine de mansuétude et de complaisance.

La maison avait deux entrées. A l'encoignure, une
sorte de café borgne s'ouvrait, le soir, aux gens du
peuple et aux matelots. Deux des personnes chargées du
commerce spécial du lieu étaient particulièrement des-
tinées aux besoins de cette partie de la clientèle. Elles
servaient, avec l'aide du garçon, nommé Frédéric, un
petit blond imberbe et fort comme un bœuf, les chopines
de vin et les canettes[1] sur les tables de marbre bran-
lantes, et, les bras jetés au cou des buveurs, assises en
travers de leurs jambes, elles poussaient à la consomma-
tion.

Les trois autres dames (elles n'étaient que cinq)
formaient une sorte d'aristocratie, et demeuraient réser-
vées à la compagnie du premier, à moins pourtant qu'on
n'eût besoin d'elles en bas et que le premier fût vide.

Le salon de Jupiter, où se réunissaient les bourgeois de
l'endroit, était tapissé de papier bleu et agrémenté d'un
grand dessin représentant Léda étendue sous un cygne.
On parvenait dans ce lieu au moyen d'un escalier
tournant terminé par une porte étroite, humble d'apparence, donnant sur la rue, et au-dessus de laquelle
brillait toute la nuit, derrière un treillage, une petite
lanterne comme celles qu'on allume encore en certaines
villes aux pieds des madones encastrées dans les murs.

Le bâtiment, humide et vieux, sentait légèrement le
moisi. Par moments, un souffle d'eau de Cologne passait
dans les couloirs, ou bien une porte entr'ouverte en bas
faisait éclater dans toute la demeure, comme une explosion de tonnerre, les cris populaciers des hommes
attablés au rez-de-chaussée, et mettait sur la figure des
messieurs du premier une moue inquiète et dégoûtée.

*Madame*, familière avec les clients ses amis, ne quittait point le salon, et s'intéressait aux rumeurs de la ville
qui lui parvenaient par eux. Sa conversation grave

faisait diversion aux propos sans suite des trois femmes ; elle était comme un repos dans le badinage polisson des particuliers ventrus qui se livraient chaque soir à cette débauche honnête et médiocre de boire un verre de liqueur en compagnie de filles publiques.

Les trois dames du premier s'appelaient Fernande, Raphaële [1] et Rosa la Rosse.

Le personnel étant restreint, on avait tâché que chacune d'elles fût comme un échantillon, un résumé de type féminin, afin que tout consommateur pût trouver là, à peu près du moins, la réalisation de son idéal.

Fernande représentait la *belle blonde*, très grande, presque obèse, molle, fille des champs dont les taches de rousseur se refusaient à disparaître, et dont la chevelure filasse, écourtée, claire et sans couleur, pareille à du chanvre peigné, lui couvrait insuffisamment le crâne.

Raphaële, une Marseillaise, roulure des ports de mer, jouait le rôle indispensable de la *belle Juive*, maigre, avec des pommettes saillantes plâtrées de rouge. Ses cheveux noirs, lustrés à la moelle de bœuf, formaient des crochets sur ses tempes. Ses yeux eussent paru beaux si le droit n'avait été marqué d'une taie. Son nez arqué tombait sur une mâchoire accentuée où deux dents neuves, en haut, faisaient tache à côté de celles du bas qui avaient pris en vieillissant une teinte foncée comme les bois anciens.

Rosa la Rosse, une petite boule de chair tout en ventre [2] avec des jambes minuscules, chantait du matin au soir, d'une voix éraillée, des couplets alternativement grivois ou sentimentaux, racontait des histoires interminables et insignifiantes, ne cessait de parler que pour manger et de manger que pour parler, remuait toujours, souple comme un écureuil malgré sa graisse et l'exiguïté de ses pattes ; et son rire, une cascade de cris aigus, éclatait sans cesse, de-ci, de-là, dans une chambre, au grenier, dans le café, partout, à propos de rien.

Les deux femmes du rez-de-chaussée, Louise, surnommée Cocote, et Flora, dite Balançoire parce qu'elle boitait un peu, l'une toujours en *Liberté* avec une ceinture tricolore, l'autre en Espagnole de fantaisie avec des sequins de cuivre qui dansaient dans ses cheveux carotte à chacun de ses pas inégaux, avaient l'air de filles de cuisine habillées pour un carnaval. Pareilles à toutes les femmes du peuple, ni plus laides, ni plus belles, vraies servantes d'auberge, on les désignait dans le port sous le sobriquet des deux Pompes.

Une paix jalouse, mais rarement troublée, régnait entre ces cinq femmes, grâce à la sagesse conciliante de Madame et à son intarissable bonne humeur.

L'établissement, unique dans la petite ville, était assidûment fréquenté. Madame avait su lui donner une tenue si comme il faut ; elle se montrait si aimable, si prévenante envers tout le monde ; son bon cœur était si connu, qu'une sorte de considération l'entourait. Les habitués faisaient des frais pour elle, triomphaient quand elle leur témoignait une amitié plus marquée ; et lorsqu'ils se rencontraient dans le jour pour leurs affaires, ils se disaient : « A ce soir, où vous savez », comme on se dit : « Au café, n'est-ce pas ? après dîner. »

Enfin la maison Tellier était une ressource, et rarement quelqu'un manquait au rendez-vous quotidien.

Or, un soir, vers la fin du mois de mai, le premier arrivé, M. Poulin, marchand de bois et ancien maire, trouva la porte close. La petite lanterne, derrière son treillage, ne brillait point ; aucun bruit ne sortait du logis, qui semblait mort. Il frappa, doucement d'abord, avec plus de force ensuite ; personne ne répondit. Alors il remonta la rue à petits pas, et, comme il arrivait sur la place du Marché, il rencontra M. Duvert, l'armateur, qui se rendait au même endroit. Ils y retournèrent ensemble sans plus de succès. Mais un grand bruit éclata soudain tout près d'eux, et, ayant tourné la maison, ils aperçurent un rassemblement de matelots anglais et français qui heurtaient à coups de poing les volets fermés du café.

Les deux bourgeois aussitôt s'enfuirent pour n'être

pas compromis ; mais un léger « pss't » les arrêta :
c'était M. Tournevau, le saleur de poisson, qui, les
ayant reconnus, les hélait. Ils lui dirent la chose, dont il
fut d'autant plus affecté que lui, marié, père de famille
et fort surveillé, ne venait là que le samedi, « *securitatis
causa* [1] », disait-il, faisant allusion à une mesure de
police sanitaire dont le docteur Borde, son ami, lui
avait révélé les périodiques retours [2]. C'était justement
son soir et il allait se trouver ainsi privé pour toute la
semaine.

Les trois hommes firent un grand crochet jusqu'au
quai, trouvèrent en route le jeune M. Philippe, fils du
banquier, un habitué, et M. Pimpesse, le percepteur.
Tous ensemble revinrent alors par la rue « aux Juifs »
pour essayer une dernière tentative. Mais les matelots
exaspérés faisaient le siège de la maison, jetaient des
pierres, hurlaient ; et les cinq clients du premier étage,
rebroussant chemin le plus vite possible, se mirent à
errer par les rues.

Ils rencontrèrent encore M. Dupuis, l'agent d'assurances, puis M. Vasse, le juge au tribunal de commerce ; et une longue promenade commença qui les
conduisit à la jetée d'abord. Ils s'assirent en ligne sur le
parapet de granit et regardèrent moutonner les flots.
L'écume, sur la crête des vagues, faisait dans l'ombre
des blancheurs lumineuses, éteintes presque aussitôt
qu'apparues, et le bruit monotone de la mer brisant
contre les rochers se prolongeait dans la nuit tout le
long de la falaise. Lorsque les tristes promeneurs furent
restés là quelque temps, M. Tournevau déclara : — « Ça
n'est pas gai. » — « Non certes », reprit M. Pimpesse ; et
ils repartirent à petits pas.

Après avoir longé la rue que domine la côte et qu'on
appelle : « Sous-le-bois » [3], ils revinrent par le pont de
planches sur la Retenue, passèrent près du chemin de
fer et débouchèrent de nouveau place du Marché, où
une querelle commença tout à coup entre le percepteur,
M. Pimpesse, et le saleur, M. Tournevau, à propos d'un

champignon comestible que l'un d'eux affirmait avoir trouvé dans les environs.

Les esprits étant aigris par l'ennui, on en serait peut-être venu aux voies de fait si les autres ne s'étaient interposés. M. Pimpesse, furieux, se retira ; et aussitôt une nouvelle altercation s'éleva entre l'ancien maire, M. Poulin, et l'agent d'assurances, M. Dupuis, au sujet des appointements du percepteur et des bénéfices qu'il pouvait se créer. Les propos injurieux pleuvaient des deux côtés, quand une tempête de cris formidables se déchaîna, et la troupe des matelots, fatigués d'attendre en vain devant une maison fermée, déboucha sur la place. Ils se tenaient par le bras, deux par deux, formant une longue procession, et ils vociféraient furieusement. Le groupe des bourgeois se dissimula sous une porte, et la horde hurlante disparut dans la direction de l'abbaye[1]. Longtemps encore on entendit la clameur diminuant comme un orage qui s'éloigne ; et le silence se rétablit.

M. Poulin et M. Dupuis, enragés l'un contre l'autre, partirent, chacun de son côté, sans se saluer.

Les quatre autres se remirent en marche, et redescendirent instinctivement vers l'établissement Tellier. Il était toujours clos, muet, impénétrable. Un ivrogne, tranquille et obstiné, tapait des petits coups dans la devanture du café, puis s'arrêtait pour appeler à mi-voix le garçon Frédéric. Voyant qu'on ne lui répondait point, il prit le parti de s'asseoir sur la marche de la porte, et d'attendre les événements.

Les bourgeois allaient se retirer quand la bande tumultueuse des hommes du port reparut au bout de la rue. Les matelots français braillaient la *Marseillaise*, les anglais le *Rule Britannia*[2]. Il y eut un ruement général contre les murs, puis le flot de brutes reprit son cours vers le quai, où une bataille éclata entre les marins des deux nations. Dans la rixe, un Anglais eut le bras cassé, et un Français le nez fendu.

L'ivrogne, qui était resté devant la porte, pleurait

maintenant comme pleurent les pochards ou les enfants contrariés.

Les bourgeois, enfin, se dispersèrent.

Peu à peu le calme revint sur la cité troublée. De place en place, encore par instants, un bruit de voix s'élevait, puis s'éteignait dans le lointain.

Seul, un homme errait toujours, M. Tournevau, le saleur, désolé d'attendre au prochain samedi ; et il espérait on ne sait quel hasard, ne comprenant pas, s'exaspérant que la police laissât fermer ainsi un établissement d'utilité publique qu'elle surveille et tient sous sa garde.

Il y retourna, flairant les murs, cherchant la raison ; et il s'aperçut que sur l'auvent une pancarte était collée. Il alluma bien vite une allumette-bougie [1], et lut ces mots tracés d'une grande écriture inégale : « *Fermé pour cause de première communion.* »

Alors il s'éloigna, comprenant bien que c'était fini.

L'ivrogne maintenant dormait, étendu tout de son long en travers de la porte inhospitalière.

Et le lendemain, tous les habitués, l'un après l'autre, trouvèrent moyen de passer dans la rue avec des papiers sous le bras pour se donner une contenance ; et, d'un coup d'œil furtif, chacun lisait l'avertissement mystérieux : « *Fermé pour cause de première communion.* »

## II

C'est que Madame avait un frère établi menuisier en leur pays natal, Virville, dans l'Eure [2]. Du temps que Madame était encore aubergiste à Yvetot, elle avait tenu sur les fonts baptismaux la fille de ce frère qu'elle nomma Constance, Constance Rivet ; étant elle-même une Rivet par son père. Le menuisier, qui savait sa sœur en bonne position, ne la perdait pas de vue, bien qu'ils ne se rencontrassent pas souvent, retenus tous les deux par leurs occupations et habitant du reste loin l'un de l'autre. Mais comme la fillette allait avoir douze ans, et faisait, cette année-là, sa première communion, il saisit cette occasion d'un rapprochement, il écrivit à sa sœur qu'il comptait sur elle pour la cérémonie. Les vieux parents étaient morts, elle ne pouvait refuser à sa filleule ; elle accepta. Son frère, qui s'appelait Joseph, espérait qu'à force de prévenances il arriverait peut-être à obtenir qu'on fît un testament en faveur de la petite, Madame étant sans enfants.

La profession de sa sœur ne gênait nullement ses scrupules, et, du reste, personne dans le pays ne savait rien. On disait seulement en parlant d'elle : « Madame Tellier est une bourgeoise de Fécamp », ce qui laissait supposer qu'elle pouvait vivre de ses rentes. De Fécamp à Virville on comptait au moins vingt lieues ; et vingt lieues de terre pour des paysans sont plus difficiles à franchir que l'Océan pour un civilisé. Les gens de Virville n'avaient jamais dépassé Rouen ; rien n'attirait ceux de Fécamp dans un petit village de cinq cents feux, perdu au milieu des plaines et faisant partie d'un autre département. Enfin on ne savait rien.

Mais, l'époque de la communion approchant, Madame éprouva un grand embarras. Elle n'avait point de sous-maîtresse, et ne se souciait nullement de laisser sa maison, même pendant un jour. Toutes les rivalités entre les dames d'en haut et celles d'en bas éclateraient infailliblement ; puis Frédéric se griserait sans doute, et quand il était gris, il assommait les gens pour un oui ou pour un non. Enfin elle se décida à emmener tout son monde, sauf le garçon à qui elle donna sa liberté jusqu'au surlendemain.

Le frère consulté ne fit aucune opposition, et se chargea de loger la compagnie entière pour une nuit. Donc, le samedi matin, le train express de huit heures emportait Madame et ses compagnes dans un wagon de seconde classe[1].

Jusqu'à Beuzeville[2] elles furent seules et jacassèrent comme des pies. Mais à cette gare un couple monta.

L'homme, vieux paysan, vêtu d'une blouse bleue, avec un col plissé, des manches larges serrées aux poignets et ornées d'une petite broderie blanche, couvert d'un antique chapeau de forme haute dont le poil roussi semblait hérissé, tenait d'une main un immense parapluie vert, et de l'autre un vaste panier qui laissait passer les têtes effarées de trois canards. La femme, raide en sa toilette rustique, avait une physionomie de poule avec un nez pointu comme un bec. Elle s'assit en face de son homme et demeura sans bouger, saisie de se trouver au milieu d'une si belle société.

Et c'était, en effet, dans le wagon un éblouissement de couleurs éclatantes. Madame, tout en bleu, en soie bleue des pieds à la tête, portait là-dessus un châle de faux cachemire français[1], rouge, aveuglant, fulgurant. Fernande soufflait dans une robe écossaise dont le corsage, lacé à toute force par ses compagnes, soulevait sa croulante poitrine en un double dôme toujours agité qui semblait liquide sous l'étoffe.

Raphaële, avec une coiffure emplumée simulant un nid plein d'oiseaux, portait une toilette lilas, pailletée d'or, quelque chose d'oriental qui seyait à sa physionomie de Juive. Rosa la Rosse, en jupe rose à larges volants, avait l'air d'une enfant trop grasse, d'une naine obèse ; et les deux Pompes semblaient s'être taillé des accoutrements étranges au milieu de vieux rideaux de fenêtre, ces vieux rideaux à ramages datant de la Restauration.

Sitôt qu'elles ne furent plus seules dans le compartiment, ces dames prirent une contenance grave, et se mirent à parler de choses relevées pour donner bonne opinion d'elles. Mais à Bolbec[2] apparut un monsieur à favoris blonds, avec des bagues et une chaîne en or, qui mit dans le filet sur sa tête plusieurs paquets enveloppés de toile cirée. Il avait un air farceur et bon enfant. Il salua, sourit et demanda avec aisance : — « Ces dames changent de garnison ? » — Cette question jeta dans le groupe une confusion embarrassée. Madame enfin reprit

contenance, et elle répondit sèchement, pour venger
l'honneur du corps : — « Vous pourriez bien être poli ! »
— Il s'excusa : — « Pardon, je voulais dire de monas-
tère. » — Madame, ne trouvant rien à répliquer, ou
jugeant peut-être la rectification suffisante, fit un salut
digne en pinçant les lèvres.

Alors le monsieur, qui se trouvait assis entre Rosa la
Rosse et le vieux paysan, se mit à cligner de l'œil aux
trois canards dont les têtes sortaient du grand panier ;
puis, quand il sentit qu'il captivait déjà son public, il
commença à chatouiller ces animaux sous le bec, en leur
tenant des discours drôles pour dérider la société :
« Nous avons quitté notre petite ma-mare ! couen !
couen ! couen ! — pour faire connaissance avec la petite
bro-broche, — couen ! couen ! couen ! » — Les malheureuses bêtes tournaient le cou afin d'éviter les caresses,
faisaient des efforts affreux pour sortir de leur prison
d'osier ; puis soudain toutes trois ensemble poussèrent
un lamentable cri de détresse : — Couen ! couen ! couen !
couen ! — Alors ce fut une explosion de rires parmi les
femmes. Elles se penchaient, elles se poussaient pour
voir ; on s'intéressait follement aux canards ; et le
monsieur redoublait de grâce, d'esprit et d'agaceries.

Rosa s'en mêla, et, se penchant par-dessus les jambes
de son voisin, elle embrassa les trois bêtes sur le nez.
Aussitôt chaque femme voulut les baiser à son tour ; et le
monsieur asseyait ces dames sur ses genoux, les faisait
sauter, les pinçait ; tout à coup il les tutoya.

Les deux paysans, plus affolés encore que leurs
volailles, roulaient des yeux de possédés sans oser faire
un mouvement, et leurs vieilles figures plissées
n'avaient pas un sourire, pas un tressaillement.

Alors le monsieur, qui était commis voyageur, offrit
par farce des bretelles à ces dames, et, s'emparant d'un
de ses paquets, il l'ouvrit. C'était une ruse, le paquet
contenait des jarretières.

Il y en avait en soie bleue, en soie rose, en soie rouge,
en soie violette, en soie mauve, en soie ponceau, avec des

boucles de métal formées par deux amours enlacés et
dorés. Les filles poussèrent des cris de joie, puis examinèrent les échantillons, reprises par la gravité naturelle
à toute femme qui tripote un objet de toilette. Elles se
consultaient de l'œil ou d'un mot chuchoté, se répondaient de même, et Madame maniait avec envie une
paire de jarretières orangées, plus larges, plus impo-
santes que les autres : de vraies jarretières de patronne.

Le monsieur attendait, nourrissant une idée : —
« Allons, mes petites chattes, dit-il, il faut les essayer. »
— Ce fut une tempête d'exclamations ; et elles serraient
leurs jupes entre leurs jambes comme si elles eussent
craint des violences. Lui, tranquille, attendait son heure.
Il déclara : — « Vous ne voulez pas, je remballe. » Puis
finement : — « J'offrirai une paire, au choix, à celles qui
feront l'essai. » — Mais elles ne voulaient pas, très
dignes, la taille redressée. Les deux Pompes cependant
semblaient si malheureuses qu'il leur renouvela la
proposition. Flora Balançoire surtout, torturée de désir,
hésitait visiblement. Il la pressa : — « Vas-y, ma fille, un
peu de courage ; tiens, la paire lilas, elle ira bien avec ta
toilette. » Alors elle se décida, et, relevant sa robe,
montra une forte jambe de vachère, mal serrée en un bas
grossier. Le monsieur, se baissant, accrocha la jarretière
sous le genou d'abord, puis au-dessus ; et il chatouillait
doucement la fille pour lui faire pousser des petits cris
avec de brusques tressaillements. Quand il eut fini, il
donna la paire lilas et demanda : — « A qui le tour ? »
Toutes ensemble s'écrièrent : — « A moi ! à moi ! » Il
commença par Rosa la Rosse, qui découvrit une chose
informe, toute ronde, sans cheville, un vrai « boudin de
jambe », comme disait Raphaële. Fernande fut compli-
mentée par le commis voyageur qu'enthousiasmèrent
ses puissantes colonnes. Les maigres tibias de la belle
Juive eurent moins de succès. Louise Cocote, par plaisanterie, coiffa le Monsieur de sa jupe ; et Madame fut
obligée d'intervenir pour arrêter cette farce inconve-
nante. Enfin Madame elle-même tendit sa jambe, une

belle jambe normande, grasse et musclée ; et le voyageur, surpris et ravi, ôta galamment son chapeau pour saluer ce maître mollet en vrai chevalier français.

Les deux paysans, figés dans l'ahurissement, regardaient de côté, d'un seul œil ; et ils ressemblaient si absolument à des poulets que l'homme aux favoris blonds, en se relevant, leur fit dans le nez « Co-co-ri-co ». Ce qui déchaîna de nouveau un ouragan de gaieté.

Les vieux descendirent à Motteville[1] avec leur panier, leurs canards et leur parapluie ; et l'on entendit la femme dire à son homme en s'éloignant : — « C'est des traînées qui s'en vont encore à ce satané Paris. »

Le plaisant commis porte-balle[2] descendit lui-même à Rouen, après s'être montré si grossier que Madame se vit obligée de le remettre vertement à sa place. Elle ajouta, comme morale : — « Ça nous apprendra à causer au premier venu. »

A Oissel[3], elles changèrent de train, et trouvèrent à une gare suivante M. Joseph Rivet qui les attendait avec une grande charrette pleine de chaises et attelée d'un cheval blanc.

Le menuisier embrassa poliment toutes ces dames et les aida à monter dans sa carriole. Trois s'assirent sur trois chaises au fond ; Raphaële, Madame et son frère, sur les trois chaises de devant, et Rosa, n'ayant point de siège, se plaça tant bien que mal sur les genoux de la grande Fernande ; puis l'équipage se mit en route. Mais, aussitôt, le trot saccadé du bidet secoua si terriblement la voiture que les chaises commencèrent à danser, jetant les voyageuses en l'air, à droite, à gauche, avec des mouvements de pantins, des grimaces effarées, des cris d'effroi, coupés soudain par une secousse plus forte. Elles se cramponnaient aux côtés du véhicule ; les chapeaux tombaient dans le dos, sur le nez ou vers l'épaule ; et le cheval blanc allait toujours, allongeant la tête, et la queue droite, une petite queue de rat sans poil dont il se battait les fesses de temps en temps. Joseph Rivet, un pied tendu sur le brancard, l'autre jambe repliée sous lui, les coudes très élevés, tenait les rênes, et de sa gorge s'échappait à tout instant une sorte de gloussement qui, faisant dresser les oreilles au bidet, accélérait son allure.

Des deux côtés de la route la campagne verte se déroulait. Les colzas en fleur mettaient de place en place une grande nappe jaune ondulante d'où s'élevait une saine et puissante odeur, une odeur pénétrante et douce, portée très loin par le vent. Dans les seigles déjà grands des bluets montraient leurs petites têtes azurées que les femmes voulaient cueillir, mais M. Rivet refusa d'arrêter. Puis parfois, un champ tout entier semblait arrosé de sang tant les coquelicots l'avaient envahi. Et au milieu de ces plaines colorées ainsi par les fleurs de la terre, la carriole, qui paraissait porter elle-même un bouquet de fleurs aux teintes plus ardentes, passait au trot du cheval blanc, disparaissait derrière les grands arbres d'une ferme, pour reparaître au bout du feuillage et promener de nouveau à travers les récoltes jaunes et vertes, piquées de rouge ou de bleu, cette éclatante charretée de femmes qui fuyait sous le soleil.

Une heure sonnait quand on arriva devant la porte du menuisier.

Elles étaient brisées de fatigue et pâles de faim, n'ayant rien pris depuis le départ. M^{me} Rivet se précipita, les fit descendre l'une après l'autre, les embrassant aussitôt qu'elles touchaient terre ; et elle ne se lassait point de bécoter sa belle-sœur, qu'elle désirait accaparer. On mangea dans l'atelier débarrassé des établis pour le dîner du lendemain.

Une bonne omelette que suivit une andouille grillée [1], arrosée de bon cidre piquant, rendit la gaieté à tout le monde. Rivet, pour trinquer, avait pris un verre, et sa femme servait, faisait la cuisine, apportait les plats, les enlevait, murmurant à l'oreille de chacune : — « En avez-vous à votre désir ? » — Des tas de planches dressées contre les murs et des empilements de copeaux balayés dans les coins répandaient un parfum de bois varlopé, une odeur de menuiserie, ce souffle résineux qui pénètre au fond des poumons.

On réclama la petite, mais elle était à l'église, ne devant rentrer que le soir.

La compagnie alors sortit pour faire un tour dans le pays.

C'était un tout petit village que traversait une grand'route. Une dizaine de maisons rangées le long de cette voie unique abritaient les commerçants de l'endroit, le boucher, l'épicier, le menuisier, le cafetier, le savetier et le boulanger. L'église, au bout de cette sorte de rue, était entourée d'un étroit cimetière ; et quatre tilleuls démesurés, plantés devant son portail, l'ombrageaient tout entière. Elle était bâtie en silex taillé, sans style aucun, et coiffée d'un clocher d'ardoises. Après elle la campagne recommençait, coupée çà et là de bouquets d'arbres cachant les fermes.

Rivet, par cérémonie, et bien qu'en vêtements d'ouvrier, avait pris le bras de sa sœur qu'il promenait avec majesté. Sa femme, tout émue par la robe à filets d'or de Raphaële, s'était placée entre elle et Fernande. La boulotte Rosa trottait derrière avec Louise Cocote et Flora Balançoire, qui boitaillait, exténuée.

Les habitants venaient aux portes, les enfants arrêtaient leurs jeux, un rideau soulevé laissait entrevoir une tête coiffée d'un bonnet d'indienne ; une vieille à béquille et presque aveugle se signa comme devant une procession ; et chacun suivit longtemps du regard toutes les belles dames de la ville qui étaient venues de si loin pour la première communion de la petite à Joseph Rivet. Une immense considération rejaillissait sur le menuisier.

En passant devant l'église, elles entendirent des chants d'enfants : un cantique crié vers le ciel par des petites voix aiguës ; mais Madame empêcha qu'on entrât, pour ne point troubler ces chérubins.

Après un tour dans la campagne, et l'énumération des principales propriétés, du rendement de la terre et de la production du bétail, Joseph Rivet ramena son troupeau de femmes et l'installa dans son logis.

La place étant fort restreinte, on les avait réparties deux par deux dans les pièces.

Rivet, pour cette fois, dormirait dans l'atelier, sur les copeaux ; sa femme partagerait son lit avec sa belle-sœur, et, dans la chambre à côté, Fernande et Raphaële reposeraient ensemble. Louise et Flora se trouvaient installées dans la cuisine sur un matelas jeté par terre ; et Rosa occupait seule un petit cabinet noir au-dessus de l'escalier, contre l'entrée d'une soupente étroite où coucherait, cette nuit-là, la communiante.

Lorsque rentra la petite fille, ce fut sur elle une pluie de baisers ; toutes les femmes la voulaient caresser, avec ce besoin d'expansion tendre, cette habitude profession-nelle de chatteries, qui, dans le wagon, les avait fait toutes embrasser les canards. Chacune l'assit sur ses genoux, mania ses fins cheveux blonds, la serra dans ses bras en des élans d'affection véhémente et spontanée. L'enfant bien sage, toute pénétrée de piété, comme fermée par l'absolution, se laissait faire, patiente et recueillie.

La journée ayant été pénible pour tout le monde, on se coucha bien vite après dîner. Ce silence illimité des champs qui semble presque religieux enveloppait le petit village, un silence tranquille, pénétrant, et large jusqu'aux astres. Les filles, accoutumées aux soirées tumultueuses du logis public, se sentaient émues par ce muet repos de la campagne endormie. Elles avaient des frissons sur la peau, non de froid, mais des frissons de solitude venus du cœur inquiet et troublé.

Sitôt qu'elles furent en leur lit, deux par deux, elles s'étreignirent comme pour se défendre contre cet enva-hissement du calme et profond sommeil de la terre. Mais Rosa la Rosse, seule en son cabinet noir, et peu habituée à dormir les bras vides, se sentit saisie par une émotion vague et pénible. Elle se retournait sur sa couche, ne pouvant obtenir le sommeil, quand elle entendit, der-

rière la cloison de bois contre sa tête, de faibles sanglots
comme ceux d'un enfant qui pleure. Effrayée, elle
appela faiblement, et une petite voix entrecoupée lui
répondit. C'était la fillette qui, couchant toujours dans
la chambre de sa mère, avait peur en sa soupente étroite.

Rosa, ravie, se leva, et doucement, pour ne réveiller
personne, alla chercher l'enfant. Elle l'amena dans son
lit bien chaud, la pressa contre sa poitrine en l'embrassant, la dorlota, l'enveloppa de sa tendresse aux mani-
festations exagérées, puis, calmée elle-même, s'endormit. Et jusqu'au jour la communiante reposa son front
sur le sein nu de la prostituée.

Dès cinq heures, à l'*Angelus*, la petite cloche de l'église
sonnant à toute volée réveilla ces dames qui dormaient
ordinairement leur matinée entière, seul repos des
fatigues nocturnes. Les paysans dans le village étaient
déjà debout. Les femmes du pays allaient affairées de
porte en porte, causant vivement, apportant avec précaution de courtes robes de mousseline empesées
comme du carton, ou des cierges démesurés, avec un
nœud de soie frangée d'or au milieu, et des découpures
de cire indiquant la place de la main. Le soleil déjà haut
rayonnait dans un ciel tout bleu qui gardait vers
l'horizon une teinte un peu rosée, comme une trace
affaiblie de l'aurore. Des familles de poules se promenaient devant leurs maisons; et, de place en place, un
coq noir au cou luisant levait sa tête coiffée de pourpre,
battait des ailes, et jetait au vent son chant de cuivre que
répétaient les autres coqs.

Des carrioles arrivaient des communes voisines,
déchargeant au seuil des portes les hautes Normandes
en robes sombres, au fichu croisé sur la poitrine et
retenu par un bijou d'argent séculaire. Les hommes
avaient passé la blouse bleue sur la redingote neuve ou
sur le vieil habit de drap vert dont les deux basques
passaient.

Quand les chevaux furent à l'écurie, il y eut ainsi tout
le long de la grande route une double ligne de guim-

bardes rustiques, charrettes, cabriolets, tilburys, chars à
bancs, voitures de toute forme et de tout âge, penchées
sur le nez ou bien cul par terre et les brancards au ciel.

La maison du menuisier était pleine d'une activité de
ruche. Ces dames, en caraco [1] et en jupon, les cheveux
répandus sur le dos, des cheveux maigres et courts qu'on
aurait dits ternis et rongés par l'usage, s'occupaient à
habiller l'enfant.

La petite, debout sur une table, ne remuait pas, tandis
que Mme Tellier dirigeait les mouvements de son bataillon volant. On la débarbouilla, on la peigna, on la coiffa,
on la vêtit, et, à l'aide d'une multitude d'épingles, on
disposa les plis de la robe, on pinça la taille trop large,
on organisa l'élégance de la toilette. Puis quand ce fut
terminé, on fit asseoir la patiente en lui recommandant
de ne plus bouger ; et la troupe agitée des femmes courut
se parer à son tour.

La petite église recommençait à sonner. Son tintement frêle de cloche pauvre montait se perdre à travers
le ciel, comme une voix trop faible, vite noyée dans
l'immensité bleue.

Les communiants sortaient des portes, allaient vers le
bâtiment communal qui contenait les deux écoles et la
mairie, et situé tout au bout du pays, tandis que la
« maison de Dieu » occupait l'autre bout.

Les parents, en tenue de fête avec une physionomie
gauche et ces mouvements inhabiles des corps toujours
courbés sur le travail, suivaient leurs mioches. Les
petites filles disparaissaient dans un nuage de tulle
neigeux semblable à de la crème fouettée, tandis que les
petits hommes, pareils à des embryons de garçons de
café, la tête encollée de pommade, marchaient les
jambes écartées, pour ne point tacher leur culotte noire.

C'était une gloire pour une famille quand un grand
nombre des parents, venus de loin, entouraient l'enfant :
aussi le triomphe du menuisier fut-il complet. Le régi-
ment Tellier, patronne en tête, suivait Constance ; et le
père donnant le bras à sa sœur, la mère marchant à côté

de Raphaële, Fernande avec Rosa, et les deux Pompes
ensemble, la troupe se déployait majestueusement
comme un état-major en grand uniforme.

L'effet dans le village fut foudroyant.

A l'école, les filles se rangèrent sous la cornette de la
bonne sœur, les garçons sous le chapeau de l'instituteur[1], un bel homme qui représentait ; et l'on partit en
attaquant un cantique.

Les enfants mâles en tête allongeaient leurs deux files
entre les deux rangs de voitures dételées, les filles
suivaient dans le même ordre ; et tous les habitants
ayant cédé le pas aux dames de la ville par considération, elles arrivaient immédiatement après les petites,
prolongeant encore la double ligne de la procession,
trois à gauche et trois à droite, avec leurs toilettes
éclatantes comme un bouquet de feu d'artifice.

Leur entrée dans l'église affola la population. On se
pressait, on se retournait, on se poussait pour les voir. Et
des dévotes parlaient presque haut, stupéfaites par le
spectacle de ces dames plus chamarrées que les chasu-
bles des chantres. Le maire offrit son banc, le premier
banc à droite auprès du chœur, et M^me Tellier y prit
place avec sa belle-sœur, Fernande et Raphaële. Rosa la
Rosse et les deux Pompes occupèrent le second banc en
compagnie du menuisier.

Le chœur de l'église était plein d'enfants à genoux,
filles d'un côté, garçons de l'autre, et les longs cierges
qu'ils tenaient en main semblaient des lances inclinées
en tous sens.

Devant le lutrin, trois hommes debout chantaient
d'une voix pleine. Ils prolongeaient indéfiniment les
syllabes du latin sonore, éternisant les *Amen* avec des *a-
a* indéfinis que le serpent[2] soutenait de sa note monotone poussée sans fin, mugie par l'instrument de cuivre
à large gueule. La voix pointue d'un enfant donnait la
réplique, et, de temps en temps, un prêtre assis dans une
stalle et coiffé d'une barrette carrée se levait, bredouillait quelque chose et s'asseyait de nouveau, tandis que

les trois chantres repartaient, l'œil fixé sur le gros livre
de plain-chant ouvert devant eux et porté par les ailes
déployées d'un aigle de bois monté sur pivot.

Puis un silence se fit. Toute l'assistance, d'un seul
mouvement, se mit à genoux, et l'officiant parut, vieux,
vénérable, avec des cheveux blancs, incliné sur le calice
qu'il portait de sa main gauche. Devant lui marchaient
les deux servants en robe rouge, et derrière, apparut une
foule de chantres à gros souliers qui s'alignèrent des
deux côtés du chœur.

Une petite clochette tinta au milieu du grand silence.
L'office divin commençait. Le prêtre circulait lentement
devant le tabernacle d'or, faisait des génuflexions, psal-
modiait de sa voix cassée, chevrotante de vieillesse, les
prières préparatoires. Aussitôt qu'il s'était tu, tous les
chantres et le serpent éclataient d'un seul coup, et des
hommes aussi chantaient dans l'église, d'une voix moins
forte, plus humble, comme doivent chanter les assis-
tants.

Soudain le *Kyrie Eleison* jaillit vers le ciel, poussé par
toutes les poitrines et tous les cœurs. Des grains de
poussière et des fragments de bois vermoulu tombèrent
même de la voûte ancienne secouée par cette explosion
de cris. Le soleil qui frappait sur les ardoises du toit
faisait une fournaise de la petite église ; et une grande
émotion, une attente anxieuse, les approches de l'ineffa-
ble mystère, étreignaient le cœur des enfants, serraient
la gorge de leurs mères.

Le prêtre, qui s'était assis quelque temps, remonta
vers l'autel, et, tête nue, couvert de ses cheveux d'argent,
avec des gestes tremblants, il approchait de l'acte
surnaturel.

Il se tourna vers les fidèles, et, les mains tendues vers
eux, prononça : « *Orate, fratres* », « priez, mes frères ».
Ils priaient tous. Le vieux curé balbutiait maintenant
tout bas les paroles mystérieuses et suprêmes ; la clochette tintait coup sur coup ; la foule prosternée appelait
Dieu ; les enfants défaillaient d'une anxiété démesurée.

C'est alors que Rosa, le front dans ses mains, se rappela tout à coup sa mère, l'église de son village, sa première communion. Elle se crut revenue à ce jour-là, quand elle était si petite, toute noyée en sa robe blanche, et elle se mit à pleurer. Elle pleura doucement d'abord : les larmes lentes sortaient de ses paupières, puis, avec ses souvenirs, son émotion grandit, et, le cou gonflé, la poitrine battante, elle sanglota. Elle avait tiré son mouchoir, s'essuyait les yeux, se tamponnait le nez et la bouche pour ne point crier : ce fut en vain ; une espèce de râle sortit de sa gorge, et deux autres soupirs profonds, déchirants, lui répondirent ; car ses deux voisines, abattues près d'elle, Louise et Flora, étreintes des mêmes souvenances lointaines, gémissaient aussi avec des torrents de larmes.

Mais comme les larmes sont contagieuses, Madame, à son tour, sentit bientôt ses paupières humides, et, se tournant vers sa belle-sœur, elle vit que tout son banc pleurait aussi.

Le prêtre engendrait le corps de Dieu. Les enfants n'avaient plus de pensée, jetés sur les dalles par une espèce de peur dévote ; et, dans l'église, de place en place, une femme, une mère, une sœur, saisie par l'étrange sympathie des émotions poignantes, bouleversée aussi par ces belles dames à genoux que secouaient des frissons et des hoquets, trempait son mouchoir d'indienne à carreaux et, de la main gauche, pressait violemment son cœur bondissant.

Comme la flammèche qui jette le feu à travers un champ mûr, les larmes de Rosa et de ses compagnes gagnèrent en un instant toute la foule. Hommes, femmes, vieillards, jeunes gars en blouse neuve, tous bientôt sanglotèrent, et sur leur tête semblait planer quelque chose de surhumain, une âme épandue, le souffle prodigieux d'un être invisible et tout-puissant.

Alors, dans le chœur de l'église, un petit coup sec retentit : la bonne sœur, en frappant sur son livre, donnait le signal de la communion ; et les enfants, grelottant d'une fièvre divine, s'approchèrent de la table sainte.

Toute une file s'agenouillait. Le vieux curé, tenant en main le ciboire d'argent doré, passait devant eux, leur offrant, entre deux doigts, l'hostie sacrée, le corps du Christ, la rédemption du monde. Ils ouvraient la bouche avec des spasmes, des grimaces nerveuses, les yeux fermés, la face toute pâle ; et la longue nappe étendue sous leurs mentons frémissait comme de l'eau qui coule.

Soudain dans l'église une sorte de folie courut, une rumeur de foule en délire, une tempête de sanglots avec des cris étouffés. Cela passa comme ces coups de vent qui courbent les forêts ; et le prêtre restait debout, immobile, une hostie à la main, paralysé par l'émotion, se disant : « C'est Dieu, c'est Dieu qui est parmi nous, qui manifeste sa présence, qui descend à ma voix sur son peuple agenouillé. » Et il balbutiait des prières affolées, sans trouver les mots, des prières de l'âme, dans un élan furieux vers le ciel.

Il acheva de donner la communion avec une telle surexcitation de foi que ses jambes défaillaient sous lui, et quand lui-même eut bu le sang de son Seigneur, il s'abîma dans un acte de remerciement éperdu.

Derrière lui le peuple peu à peu se calmait. Les chantres, relevés dans la dignité du surplis blanc, repartaient d'une voix moins sûre, encore mouillée ; et le serpent aussi semblait enroué comme si l'instrument lui-même eût pleuré.

Alors, le prêtre, levant les mains, leur fit signe de se taire, et passant entre les deux haies de communiants perdus en des extases de bonheur, il s'approcha jusqu'à la grille du chœur.

L'assemblée s'était assise au milieu d'un bruit de chaises, et tout le monde à présent se mouchait avec force. Dès qu'on aperçut le curé, on fit silence, et il commença à parler d'un ton très bas, hésitant, voilé. — « Mes chers frères, mes chères sœurs, mes enfants, je vous remercie du fond du cœur ; vous venez de me donner la plus grande joie de ma vie. J'ai senti Dieu qui descendait sur nous à mon appel. Il est venu, il était là, présent, qui emplissait vos âmes, faisait déborder vos yeux. Je suis le plus vieux prêtre du diocèse, j'en suis aussi, aujourd'hui, le plus heureux. Un miracle s'est fait parmi nous, un vrai, un grand, un sublime miracle. Pendant que Jésus-Christ pénétrait pour la première fois dans le corps de ces petits, le Saint-Esprit, l'oiseau céleste, le souffle de Dieu, s'est abattu sur vous, s'est emparé de vous, vous a saisis, courbés comme des roseaux sous la brise. »

Puis, d'une voix plus claire, se tournant vers les deux bancs où se trouvaient les invitées du menuisier : — « Merci surtout à vous, mes chères sœurs, qui êtes venues de si loin, et dont la présence parmi nous, dont la foi visible, dont la piété si vive ont été pour tous un salutaire exemple. Vous êtes l'édification de ma paroisse ; votre émotion a échauffé les cœurs ; sans vous, peut-être, ce grand jour n'aurait pas eu ce caractère vraiment divin. Il suffit parfois d'une seule brebis d'élite pour décider le Seigneur à descendre sur le troupeau. »

La voix lui manquait. Il ajouta : « C'est la grâce que je vous souhaite. Ainsi soit-il. » Et il remonta vers l'autel pour terminer l'office.

Maintenant on avait hâte de partir. Les enfants eux-mêmes s'agitaient, las d'une si longue tension d'esprit. Ils avaient faim, d'ailleurs, et les parents peu à peu s'en allaient, sans attendre le dernier évangile, pour terminer les apprêts du repas.

Ce fut une cohue à la sortie, une cohue bruyante, un charivari de voix criardes où chantait l'accent normand. La population formait deux haies, et lorsque parurent les enfants, chaque famille se précipita sur le sien.

Constance se trouva saisie, entourée, embrassée par toute la maisonnée de femmes. Rosa surtout ne se lassait pas de l'étreindre. Enfin elle lui prit une main, M$^{me}$ Tellier s'empara de l'autre ; Raphaële et Fernande relevèrent sa longue jupe de mousseline pour qu'elle ne traînât

point dans la poussière ; Louise et Flora fermaient la
marche avec M^{me} Rivet ; et l'enfant, recueillie, toute
pénétrée par le Dieu qu'elle portait en elle, se mit en
route au milieu de cette escorte d'honneur.

Le festin était servi dans l'atelier sur de longues
planches portées par des traverses.

La porte ouverte, donnant sur la rue, laissait entrer
toute la joie du village. On se régalait partout. Par
chaque fenêtre on apercevait des tablées de monde
endimanché, et des cris sortaient des maisons en
goguette. Les paysans, en bras de chemise, buvaient du
cidre pur à plein verre, et au milieu de chaque compagnie on apercevait deux enfants, ici deux filles, là deux
garçons, dînant dans l'une des deux familles.

Quelquefois, sous la lourde chaleur de midi, un char
à bancs traversait le pays au trot sautillant d'un vieux
bidet, et l'homme en blouse qui conduisait jetait un
regard d'envie sur toute cette ripaille étalée.

Dans la demeure du menuisier, la gaieté gardait un
certain air de réserve, un reste de l'émotion du matin.
Rivet seul était en train et buvait outre mesure. M^{me}
Tellier regardait l'heure à tout moment, car pour ne
point chômer deux jours de suite on devait reprendre le
train de 3 h. 55 qui les mettrait à Fécamp vers le soir.

Le menuisier faisait tous ses efforts pour détourner
l'attention et garder son monde jusqu'au lendemain ;
mais Madame ne se laissait point distraire ; et elle ne
plaisantait jamais quand il s'agissait des affaires.

Aussitôt que le café fut pris, elle ordonna à ses
pensionnaires de se préparer bien vite ; puis, se tournant vers son frère : — « Toi, tu vas atteler tout de
suite » ; et elle-même alla terminer ses derniers prépa-
ratifs.

Quand elle redescendit, sa belle-sœur l'attendait pour
lui parler de la petite ; et une longue conversation eut
lieu où rien ne fut résolu. La paysanne finassait, faussement attendrie, et M^{me} Tellier, qui tenait l'enfant sur
ses genoux, ne s'engageait à rien, promettait vague-

ment : on s'occuperait d'elle, on avait du temps, on se reverrait d'ailleurs.

Cependant la voiture n'arrivait point, et les femmes ne descendaient pas. On entendait même en haut de grands rires, des bousculades, des poussées de cris, des battements de mains. Alors, tandis que l'épouse du menuisier se rendait à l'écurie pour voir si l'équipage était prêt, Madame, à la fin, monta.

Rivet, très pochard et à moitié dévêtu, essayait, mais en vain, de violenter Rosa qui défaillait de rire. Les deux Pompes le retenaient par les bras, et tentaient de le calmer, choquées de cette scène après la cérémonie du matin ; mais Raphaële et Fernande l'excitaient, tordues de gaieté, se tenant les côtes ; et elles jetaient des cris aigus à chacun des efforts inutiles de l'ivrogne. L'homme furieux, la face rouge, tout débraillé, secouant en des efforts violents les deux femmes cramponnées à lui, tirait de toutes ses forces sur la jupe de Rosa en bredouillant : — « Salope, tu ne veux pas ? » — Mais Madame, indignée, s'élança, saisit son frère par les épaules, et le jeta dehors si violemment qu'il alla frapper contre le mur.

Une minute plus tard, on l'entendait dans la cour qui se pompait de l'eau sur la tête ; et quand il reparut dans sa carriole, il était déjà tout apaisé.

On se remit en route comme la veille, et le petit cheval blanc repartit de son allure vive et dansante.

Sous le soleil ardent, la joie assoupie pendant le repas se dégageait. Les filles s'amusaient maintenant des cahots de la guimbarde, poussaient même les chaises des voisines, éclataient de rire à tout instant, mises en train d'ailleurs par les vaines tentatives de Rivet.

Une lumière folle emplissait les champs, une lumière miroitant aux yeux ; et les roues soulevaient deux sillons de poussière qui voltigeaient longtemps derrière la voiture sur la grand'route.

Tout à coup Fernande, qui aimait la musique, supplia Rosa de chanter ; et celle-ci entama gaillardement le

*Gros Curé de Meudon*. Mais Madame tout de suite la fit taire, trouvant cette chanson peu convenable en ce jour. Elle ajouta : — « Chante-nous plutôt quelque chose de Béranger[1]. » — Alors Rosa, après avoir hésité quelques secondes, fixa son choix, et de sa voix usée commença la *Grand'mère*[2] :

> *Ma grand'mère, un soir à sa fête,*
> *De vin pur ayant bu deux doigts,*
> *Nous disait, en branlant la tête :*
> *Que d'amoureux j'eus autrefois !*

> *Combien je regrette*
> *Mon bras si dodu,*
> *Ma jambe bien faite,*
> *Et le temps perdu !*

Et le chœur des filles, que Madame elle-même conduisait, reprit :

> *Combien je regrette*
> *Mon bras si dodu,*
> *Ma jambe bien faite,*
> *Et le temps perdu !*

— Ça, c'est tapé ! déclara Rivet, allumé par la cadence ; et Rosa aussitôt continua :

> *Quoi, maman, vous n'étiez pas sage ?*
> *— Non, vraiment ! et de mes appas,*
> *Seule, à quinze ans, j'appris l'usage,*
> *Car, la nuit, je ne dormais pas.*

Tous ensemble hurlèrent le refrain ; et Rivet tapait du pied sur son brancard, battait la mesure avec les rênes sur le dos du bidet blanc qui, comme s'il eût été lui-même enlevé par l'entrain du rythme, prit le galop, un galop de tempête, précipitant ces dames en tas les unes sur les autres dans le fond de la voiture.

Elles se relevèrent en riant comme des folles. Et la chanson continua, braillée à tue-tête à travers la campagne, sous le ciel brûlant, au milieu des récoltes mûrissantes, au train enragé du petit cheval qui s'emballait maintenant à tous les retours du refrain, et piquait chaque fois ses cent mètres de galop, à la grande joie des voyageurs.

De place en place, quelque casseur de cailloux se redressait, et regardait à travers son loup de fil de fer cette carriole enragée et hurlante emportée dans la poussière.

Quand on descendit devant la gare, le menuisier s'attendrit : — « C'est dommage que vous partiez, on aurait bien rigolé. »

Madame lui répondit sensément : — « Toute chose a son temps, on ne peut pas s'amuser toujours. » — Alors une idée illumina l'esprit de Rivet : — « Tiens, dit-il, j'irai vous voir à Fécamp le mois prochain. » Et il regarda Rosa d'un air rusé, avec un œil brillant et polisson. — « Allons, conclut Madame, il faut être sage ; tu viendras si tu veux, mais tu ne feras point de bêtises. »

Il ne répondit pas, et comme on entendait siffler le train, il se mit immédiatement à embrasser tout le monde. Quand ce fut au tour de Rosa, il s'acharna à trouver sa bouche que celle-ci, riant derrière ses lèvres fermées, lui dérobait chaque fois par un rapide mouvement de côté. Il la tenait en ses bras ; mais il n'en pouvait venir à bout, gêné par son grand fouet qu'il avait gardé à sa main et que, dans ses efforts, il agitait désespérément derrière le dos de la fille.

— Les voyageurs pour Rouen, en voiture ! cria l'employé. Elles montèrent.

Un mince coup de sifflet partit, répété tout de suite par le sifflement puissant de la machine qui cracha bruyamment son premier jet de vapeur pendant que les

roues commençaient à tourner un peu avec un effort
visible.

Rivet, quittant l'intérieur de la gare, courut à la
barrière pour voir encore une fois Rosa ; et comme le
wagon plein de cette marchandise humaine passait
devant lui, il se mit à faire claquer son fouet en sautant
et chantant de toutes ses forces :

> *Combien je regrette*
> *Mon bras si dodu,*
> *Ma jambe bien faite,*
> *Et le temps perdu !*

Puis il regarda s'éloigner un mouchoir blanc qu'on
agitait.

### III

Elles dormirent jusqu'à l'arrivée, du sommeil paisible
des consciences satisfaites ; et quand elles rentrèrent au
logis, rafraîchies, reposées pour la besogne de chaque
soir, Madame ne put s'empêcher de dire : — « C'est égal,
il m'ennuyait déjà de la maison. »

On soupa vite, puis, quand on eut repris le costume de
combat, on attendit les clients habituels ; et la petite
lanterne allumée, la petite lanterne de madone, indi-
quait aux passants que dans la bergerie le troupeau était
revenu.

En un clin d'œil la nouvelle se répandit, on ne sait
comment, on ne sait par qui. M. Philippe, le fils du
banquier, poussa même la complaisance jusqu'à prévenir par un exprès M. Tournevau, emprisonné dans sa
famille.

Le saleur avait justement chaque dimanche plusieurs
cousins à dîner, et l'on prenait le café quand un homme
se présenta avec une lettre à la main. M. Tournevau, très
ému, rompit l'enveloppe et devint pâle : il n'y avait que

ces mots tracés au crayon : « *Chargement de morues retrouvé ; navire entré au port ; bonne affaire pour vous. Venez vite.* »

Il fouilla dans ses poches, donna vingt centimes au porteur, et rougissant soudain jusqu'aux oreilles : « Il faut, dit-il, que je sorte. » Et il tendit à sa femme le billet laconique et mystérieux. Il sonna, puis, lorsque parut la bonne : — « Mon pardessus vite vite, et mon chapeau. » — A peine dans la rue, il se mit à courir en sifflant un air, et le chemin lui parut deux fois plus long tant son impatience était vive.

L'établissement Tellier avait un air de fête. Au rez-de-chaussée les voix tapageuses des hommes du port faisaient un assourdissant vacarme. Louise et Flora ne savaient à qui répondre, buvaient avec l'un, buvaient avec l'autre, méritaient mieux que jamais leur sobriquet des « deux Pompes ». On les appelait partout à la fois : elles ne pouvaient déjà suffire à la besogne, et la nuit pour elles s'annonçait laborieuse.

Le cénacle du premier fut au complet dès neuf heures. M. Vasse, le juge au tribunal de commerce, le soupirant attitré mais platonique de Madame, causait tout bas avec elle dans un coin ; et ils souriaient tous les deux comme si une entente était près de se faire. M. Poulin, l'ancien maire, tenait Rosa à cheval sur ses jambes ; et elle, nez à nez avec lui, promenait ses mains courtes dans les favoris blancs du bonhomme. Un bout de cuisse nue passait sous la jupe de soie jaune relevée, coupant le drap noir du pantalon, et les bas rouges étaient serrés par une jarretière bleue, cadeau du commis voyageur.

La grande Fernande, étendue sur le sopha, avait les deux pieds sur le ventre de M. Pimpesse, le percepteur, et le torse sur le gilet du jeune M. Philippe dont elle accrochait le cou de sa main droite, tandis que de la gauche elle tenait une cigarette.

Raphaële semblait en pourparlers avec M. Dupuis, l'agent d'assurances, et elle termina l'entretien par ces mots : — « Oui, mon chéri, ce soir, je veux bien. » —

Puis, faisant seule un tour de valse rapide à travers le salon : « Ce soir, tout ce qu'on voudra », cria-t-elle.

La porte s'ouvrit brusquement et M. Tournevau parut. Des cris d'enthousiasme éclatèrent : — « Vive Tournevau ! » Et Raphaële, qui pivotait toujours, alla tomber sur son cœur. Il la saisit d'un enlacement formidable, et sans dire un mot, l'enlevant de terre comme une plume, il traversa le salon, gagna la porte du fond, et disparut dans l'escalier des chambres avec son fardeau vivant, au milieu des applaudissements.

Rosa, qui allumait l'ancien maire, l'embrassant coup sur coup et tirant sur ses deux favoris en même temps pour maintenir droite sa tête, profita de l'exemple : — « Allons, fais comme lui », — dit-elle. Alors le bonhomme se leva, et rajustant son gilet, suivit la fille en fouillant dans la poche où dormait son argent.

Fernande et Madame restèrent seules avec les quatre hommes, et M. Philippe s'écria : — « Je paye du champagne ; M^{me} Tellier, envoyez chercher trois bouteilles. »

Alors Fernande l'étreignant lui demanda dans l'oreille : — « Fais-nous danser, dis, tu veux ? » Il se leva, et, s'asseyant devant l'épinette[1] séculaire endormie en un coin, fit sortir une valse, une valse enrouée, larmoyante, du ventre geignant de la machine. La grande fille enlaça le percepteur, Madame s'abandonna aux bras de M. Vasse ; et les deux couples tournèrent en échangeant des baisers. M. Vasse, qui avait jadis dansé dans le monde, faisait des grâces, et Madame le regardait d'un œil captivé, de cet œil qui répond « oui », un « oui » plus discret et plus délicieux qu'une parole !

Frédéric apporta le champagne. Le premier bouchon partit, et M. Philippe exécuta l'invitation d'un quadrille.

Les quatre danseurs le marchèrent à la façon mondaine, convenablement, dignement, avec des manières, des inclinations et des saluts[2].

Après quoi l'on se mit à boire. Alors M. Tournevau reparut, satisfait, soulagé, radieux. Il s'écria : — « Je ne sais pas ce qu'a Raphaële, mais elle est parfaite ce soir. »

— Puis, comme on lui tendait un verre, il le vida d'un trait en murmurant : — « Bigre, rien que ça de luxe ! »

Sur-le-champ M. Philippe entama une polka vive, et M. Tournevau s'élança avec la belle Juive qu'il tenait en l'air, sans laisser ses pieds toucher terre. M. Pimpesse et M. Vasse étaient repartis d'un nouvel élan. De temps en temps un des couples s'arrêtait près de la cheminée pour lamper une flûte de vin mousseux ; et cette danse menaçait de s'éterniser, quand Rosa entr'ouvrit la porte avec un bougeoir à la main. Elle était en cheveux, en savates, en chemise, tout animée, toute rouge : — « Je veux danser », cria-t-elle. Raphaële demanda : — « Et ton vieux ? » — Rosa s'esclaffa : — « Lui ? il dort déjà, il dort tout de suite. » Elle saisit M. Dupuis resté sans emploi sur le divan, et la polka recommença.

Mais les bouteilles étaient vides : « J'en paye une », déclara M. Tournevau ; — « Moi aussi », annonça M. Vasse. — « Moi de même », conclut M. Dupuis. Alors tout le monde applaudit.

Cela s'organisait, devenait un vrai bal. De temps en temps même, Louise et Flora montaient bien vite, faisaient rapidement un tour de valse, pendant que leurs clients, en bas, s'impatientaient ; puis elles retournaient en courant à leur café, avec le cœur gonflé de regrets.

A minuit, on dansait encore. Parfois une des filles disparaissait, et quand on la cherchait pour faire un vis-à-vis, on s'apercevait tout à coup qu'un des hommes aussi manquait.

— D'où venez-vous donc ? » demanda plaisamment M. Philippe, juste au moment où M. Pimpesse rentrait avec Fernande. — « De voir dormir M. Poulin », répondit le percepteur. Le mot eut un succès énorme ; et tous, à tour de rôle, montaient voir dormir M. Poulin avec l'une ou l'autre des demoiselles, qui se montrèrent, cette nuit-là, d'une complaisance inconcevable. Madame fermait les yeux : et elle avait dans les coins de longs apartés avec M. Vasse comme pour régler les derniers détails d'une affaire entendue déjà.

Enfin, à une heure, les deux hommes mariés, M. Tournevau et M. Pimpesse, déclarèrent qu'ils se retiraient, et voulurent régler leur compte. On ne compta que le champagne, et, encore, à six francs la bouteille au lieu de dix francs, prix ordinaire. Et comme ils s'étonnaient de cette générosité, Madame, radieuse, leur répondit :

— Ça n'est pas tous les jours fête.

# LES TOMBALES [1]


Les cinq amis achevaient de dîner, cinq hommes du
monde mûrs, riches, trois mariés, deux restés garçons.
Ils se réunissaient ainsi tous les mois, en souvenir de
leur jeunesse, et, après avoir dîné, ils causaient jusqu'à
deux heures du matin. Restés amis intimes, et se
plaisant ensemble, ils trouvaient peut-être là leurs
meilleurs soirs dans la vie. On bavardait sur tout, sur
tout ce qui occupe et amuse les Parisiens ; c'était entre
eux, comme dans la plupart des salons d'ailleurs, une
espèce de recommencement parlé de la lecture des
journaux du matin.

Un des plus gais était Joseph de Bardon, célibataire et
vivant la vie parisienne de la façon la plus complète et la
plus fantaisiste. Ce n'était point un débauché ni un
dépravé, mais un curieux, un joyeux encore jeune ; car il
avait à peine quarante ans. Homme du monde dans le
sens le plus large et le plus bienveillant que puisse
mériter ce mot, doué de beaucoup d'esprit sans grande
profondeur, d'un savoir varié sans érudition vraie, d'une
compréhension agile sans pénétration sérieuse, il tirait
de ses observations, de ses aventures, de tout ce qu'il
voyait, rencontrait et trouvait, des anecdotes de roman
comique et philosophique en même temps, et des remar-
ques humoristiques qui lui faisaient par la ville une
grande réputation d'intelligence [2].

C'était l'orateur du dîner. Il avait la sienne, chaque

fois, son histoire, sur laquelle on comptait. Il se mit à la
dire sans qu'on l'en eût prié.

Fumant, les coudes sur la table, un verre de fine
champagne à moitié plein devant son assiette, engourdi
dans une atmosphère de tabac aromatisée par le café
chaud, il semblait chez lui tout à fait, comme certains
êtres sont chez eux absolument, en certains lieux et en
certains moments, comme une dévote dans une chapelle, comme un poisson rouge dans son bocal.

Il dit, entre deux bouffées de fumée :

— Il m'est arrivé une singulière aventure il y a
quelque temps.

Toutes les bouches demandèrent presque ensemble :
« Racontez. »

Il reprit :

— Volontiers. Vous savez que je me promène beaucoup dans Paris, comme les bibelotiers qui fouillent les
vitrines. Moi je guette les spectacles, les gens, tout ce qui
passe, et tout ce qui se passe.

Or, vers la mi-septembre, il faisait très beau temps à
ce moment-là, je sortis de chez moi, une après-midi,
sans savoir où j'irais. On a toujours un vague désir de
faire une visite à une jolie femme quelconque. On choisit
dans sa galerie, on les compare dans sa pensée, on pèse
l'intérêt qu'elles vous inspirent, le charme qu'elles vous
imposent et on se décide enfin suivant l'attraction du
jour. Mais quand le soleil est très beau et l'air tiède, il
vous enlève souvent toute envie de visites.

Le soleil était beau, et l'air tiède ; j'allumai un cigare
et je m'en allai tout bêtement sur le boulevard extérieur.
Puis comme je flânais, l'idée me vint de pousser jusqu'au cimetière Montmartre et d'y entrer.

J'aime beaucoup les cimetières, moi, ça me repose et
me mélancolise : j'en ai besoin. Et puis, il y a aussi de
bons amis là-dedans, de ceux qu'on ne va plus voir ; et
j'y vais encore, moi, de temps en temps.

Justement, dans ce cimetière Montmartre, j'ai une
histoire de cœur, une maîtresse qui m'avait beaucoup

pincé, très ému, une charmante petite femme dont le souvenir, en même temps qu'il me peine énormément, me donne des regrets... des regrets de toute nature... Et je vais rêver sur sa tombe... C'est fini pour elle.

Et puis, j'aime aussi les cimetières, parce que ce sont des villes monstrueuses, prodigieusement habitées. Songez donc à ce qu'il y a de morts dans ce petit espace, à toutes les générations de Parisiens qui sont logés là, pour toujours, troglodytes définitifs enfermés dans leurs petits caveaux, dans leurs petits trous couverts d'une pierre ou marqués d'une croix, tandis que les vivants occupent tant de place et font tant de bruit, ces imbéciles.

Puis encore, dans les cimetières, il y a des monuments presque aussi intéressants que dans les musées. Le tombeau de Cavaignac m'a fait songer, je l'avoue, sans le comparer, à ce chef-d'œuvre de Jean Goujon : le corps de Louis de Brézé, couché dans la chapelle souterraine de la cathédrale de Rouen[1] ; tout l'art dit moderne et réaliste est venu de là, messieurs. Ce mort, Louis de Brézé, est plus vrai, plus terrible, plus fait de chair inanimée, convulsée encore par l'agonie, que tous les cadavres tourmentés qu'on tortionne aujourd'hui sur les tombes.

Mais au cimetière Montmartre on peut encore admirer le monument de Baudin, qui a de la grandeur ; celui de Gautier, celui de Murger, où j'ai vu l'autre jour une seule pauvre couronne d'immortelles jaunes, apportée par qui ? par la dernière grisette, très vieille, et concierge aux environs, peut-être ? C'est une jolie statuette de Millet, mais que détruisent l'abandon et la saleté[2]. Chante la jeunesse, ô Murger !

Me voici donc entrant dans le cimetière Montmartre, et tout à coup imprégné de tristesse, d'une tristesse qui ne faisait pas trop de mal, d'ailleurs, une de ces tristesses qui vous font penser, quand on se porte bien : « Ça n'est pas drôle, cet endroit-là, mais le moment n'en est pas encore venu pour moi... »

L'impression de l'automne, de cette humidité tiède qui sent la mort des feuilles et le soleil affaibli, fatigué, anémique, aggravait en la poétisant la sensation de solitude et de fin définitive sur ce lieu, qui sent la mort des hommes.

Je m'en allais à petits pas dans ces rues de tombes, où les voisins ne voisinent point, ne couchent plus ensemble et ne lisent pas les journaux. Et je me mis, moi, à lire les épitaphes. Ça, par exemple, c'est la chose la plus amusante du monde. Jamais Labiche, jamais Meilhac ne m'ont fait rire comme le comique de la prose tombale. Ah ! quels livres supérieurs à ceux de Paul de Kock[1] pour ouvrir la rate que ces plaques de marbre et ces croix où les parents des morts ont épanché leurs regrets, leurs vœux pour le bonheur du disparu dans l'autre monde, et leur espoir de le rejoindre — blagueurs !

Mais j'adore surtout, dans ce cimetière, la partie abandonnée, solitaire, pleine de grands ifs et de cyprès, vieux quartier des anciens morts qui redeviendra bientôt un quartier neuf, dont on abattra les arbres verts, nourris de cadavres humains, pour aligner les récents trépassés sous de petites galettes de marbre.

Quand j'eus erré là le temps de me rafraîchir l'esprit, je compris que j'allais m'ennuyer et qu'il fallait porter au dernier lit de ma petite amie l'hommage fidèle de mon souvenir. J'avais le cœur un peu serré en arrivant près de sa tombe. Pauvre chère, elle était si gentille, et si amoureuse, et si blanche, et si fraîche... et maintenant... si on ouvrait ça...

Penché sur la grille de fer, je lui dis tout bas ma peine qu'elle n'entendit point sans doute, et j'allais partir quand je vis une femme en noir, en grand deuil, qui s'agenouillait sur le tombeau voisin. Son voile de crêpe relevé laissait apercevoir une jolie tête blonde, dont les cheveux en bandeaux semblaient éclairés par une lumière d'aurore sous la nuit de sa coiffure. Je restai.

Certes, elle devait souffrir d'une profonde douleur. Elle avait enfoui son regard dans ses mains, et rigide, en

une méditation de statue, partie en ses regrets, égrenant
dans l'ombre des yeux cachés et fermés le chapelet
torturant des souvenirs, elle semblait elle-même être
une morte qui penserait à un mort. Puis tout à coup je
devinai qu'elle allait pleurer, je le devinai à un petit
mouvement du dos pareil à un frisson de vent dans un
saule. Elle pleura doucement d'abord, puis plus fort,
avec des mouvements rapides du cou et des épaules.
Soudain elle découvrit ses yeux. Ils étaient pleins de
larmes et charmants, des yeux de folle qu'elle promena
autour d'elle, en une sorte de réveil de cauchemar. Elle
me vit la regarder, parut honteuse et se cacha encore
toute la figure dans ses mains. Alors ses sanglots
devinrent convulsifs, et sa tête lentement se pencha vers
le marbre. Elle y posa son front, et son voile se
répandant autour d'elle couvrit les angles blancs de la
sépulture aimée, comme un deuil nouveau. Je l'entendis
gémir, puis elle s'affaissa, sa joue sur la dalle, et
demeura immobile, sans connaissance.

Je me précipitai vers elle, je lui frappai dans les
mains, je soufflai sur ses paupières, tout en lisant
l'épitaphe très simple : « Ici repose Louis-Théodore
Carrel, capitaine d'infanterie de marine, tué par l'ennemi, au Tonkin [1]. Priez pour lui. »

Cette mort remontait à quelques mois. Je fus attendri
jusqu'aux larmes, et je redoublai mes soins. Ils réussi-
rent ; elle revint à elle. J'avais l'air très ému — je ne suis
pas trop mal, je n'ai pas quarante ans. — Je compris à
son premier regard qu'elle serait polie et reconnais-
sante. Elle le fut, avec d'autres larmes, et son histoire
contée, sortie par fragments de sa poitrine haletante, la
mort de l'officier tombé au Tonkin, au bout d'un an de
mariage, après l'avoir épousée par amour, car, orpheline
de père et de mère, elle avait tout juste la dot réglemen-
taire.

Je la consolai, je la réconfortai, je la soulevai, je la
relevai. Puis je lui dis :

— Ne restez pas ici. Venez.

Elle murmura :

— Je suis incapable de marcher.

— Je vais vous soutenir.

— Merci, monsieur, vous êtes bon. Vous veniez également ici pleurer un mort ?

— Oui, madame.

— Une morte ?

— Oui, madame.

— Votre femme ?

— Une amie.

— On peut aimer une amie autant que sa femme, la passion n'a pas de loi.

— Oui, madame.

Et nous voilà partis ensemble, elle appuyée sur moi, moi la portant presque par les chemins du cimetière. Quand nous en fûmes sortis, elle murmura, défaillante :

— Je crois que je vais me trouver mal.

— Voulez-vous entrer quelque part, prendre quelque chose ?

— Oui, monsieur.

J'aperçus un restaurant, un de ces restaurants où les amis des morts vont fêter la corvée finie. Nous y entrâmes. Et je lui fis boire une tasse de thé bien chaud qui parut la ranimer. Un vague sourire lui vint aux lèvres. Et elle me parla d'elle. C'était si triste, si triste d'être toute seule dans la vie, toute seule chez soi, nuit et jour, de n'avoir plus personne à qui donner de l'affection, de la confiance, de l'intimité.

Cela avait l'air sincère. C'était gentil dans sa bouche. Je m'attendrissais. Elle était fort jeune, vingt ans peut-être. Je lui fis des compliments qu'elle accepta fort bien. Puis, comme l'heure passait, je lui proposai de la reconduire chez elle avec une voiture. Elle accepta ; et, dans le fiacre, nous restâmes tellement l'un contre l'autre, épaule contre épaule, que nos chaleurs se mêlaient à travers les vêtements, ce qui est bien la chose la plus troublante du monde.

Quand la voiture fut arrêtée à sa maison, elle murmura : « Je me sens incapable de monter seule mon escalier, car je demeure au quatrième. Vous avez été si bon, voulez-vous encore me donner le bras jusqu'à mon logis ? »

Je m'empressai d'accepter. Elle monta lentement, en soufflant beaucoup. Puis, devant sa porte, elle ajouta :

— Entrez donc quelques instants pour que je puisse vous remercier.

Et j'entrai, parbleu.

C'était modeste, même un peu pauvre, mais simple et bien arrangé, chez elle.

Nous nous assîmes côte à côte sur un petit canapé, et elle me parla de nouveau de sa solitude.

Elle sonna sa bonne, afin de m'offrir quelque chose à boire. La bonne ne vint pas. J'en fus ravi en supposant que cette bonne-là ne devait être que du matin : ce qu'on appelle une femme de ménage.

Elle avait ôté son chapeau. Elle était vraiment gentille avec ses yeux clairs fixés sur moi, si bien fixés, si clairs que j'eus une tentation terrible et j'y cédai. Je la saisis dans mes bras, et sur ses paupières qui se fermèrent soudain, je mis des baisers... des baisers... des baisers... tant et plus.

Elle se débattait en me repoussant et répétant :

— « Finissez... finissez... finissez donc. »

Quel sens donnait-elle à ce mot ? En des cas pareils, « finir » peut en avoir au moins deux. Pour la faire taire je passai des yeux à la bouche, et je donnai au mot « finir » la conclusion que je préférais. Elle ne résista pas trop, et quand nous nous regardâmes de nouveau, après cet outrage à la mémoire du capitaine tué au Tonkin, elle avait un air alangui, attendri, résigné, qui dissipa mes inquiétudes.

Alors je fus galant, empressé et reconnaissant. Et après une nouvelle causerie d'une heure environ, je lui demandai :

— Où dînez-vous ?

— Dans un petit restaurant des environs.

— Toute seule ?

— Mais oui.

— Voulez-vous dîner avec moi ?

— Où ça ?

— Dans un bon restaurant du boulevard.

Elle résista un peu. J'insistai : elle céda, en se donnant
à elle-même cet argument : — « Je m'ennuie tant...
tant » ; puis elle ajouta : — « Il faut que je passe une
robe un peu moins sombre. »

Et elle entra dans sa chambre à coucher.

Quand elle en sortit, elle était en demi-deuil, charmante, fine et mince, dans une toilette grise et fort
simple. Elle avait évidemment tenue de cimetière et
tenue de ville.

Le dîner fut très cordial. Elle but du champagne,
s'alluma, s'anima et je rentrai chez elle avec elle.

Cette liaison nouée sur les tombes dura trois semaines
environ. Mais on se fatigue de tout, et principalement
des femmes. Je la quittai sous prétexte d'un voyage
indispensable [1]. J'eus un départ très généreux, dont elle
me remercia beaucoup. Et elle me fit promettre, elle me
fit jurer de revenir après mon retour, car elle semblait
vraiment un peu attachée à moi.

Je courus à d'autres tendresses, et un mois environ se
passa sans que la pensée de revoir cette petite amoureuse funéraire fût assez forte pour que j'y cédasse.
Cependant je ne l'oubliais point... Son souvenir me
hantait comme un mystère, comme un problème de
psychologie, comme une de ces questions inexplicables
dont la solution nous harcèle.

Je ne sais pourquoi, un jour, je m'imaginai que je la
retrouverais au cimetière Montmartre, et j'y allai.

Je m'y promenai longtemps sans rencontrer d'autres
personnes que les visiteurs ordinaires de ce lieu, ceux
qui n'ont pas encore rompu toutes relations avec leurs
morts. La tombe du capitaine tué au Tonkin n'avait pas
de pleureuse sur son marbre, ni de fleurs, ni de cou-
ronnes.

Mais comme je m'égarais dans un autre quartier de cette grande ville de trépassés, j'aperçus tout à coup, au bout d'une étroite avenue de croix, venant vers moi, un couple en grand deuil, l'homme et la femme. O stupeur ! quand ils s'approchèrent, je la reconnus. C'était elle !

Elle me vit, rougit, et, comme je la frôlais en la croisant, elle me fit un tout petit signe, un tout petit coup d'œil qui signifiaient : « Ne me reconnaissez pas », mais qui semblaient dire aussi : « Revenez me voir, mon chéri. »

L'homme était bien, distingué, chic, officier de la Légion d'honneur, âgé d'environ cinquante ans.

Et il la soutenait, comme je l'avais soutenue moi-même en quittant le cimetière.

Je m'en allai stupéfait, me demandant ce que je venais de voir, à quelle race d'êtres appartenait cette sépulcrale chasseresse. Était-ce une simple fille, une prostituée inspirée qui allait cueillir sur les tombes les hommes tristes, hantés par une femme, épouse ou maîtresse, et troublés encore du souvenir des caresses disparues ? Était-elle unique ? Sont-elles plusieurs ? Est-ce une profession ? Fait-on le cimetière comme on fait le trottoir ? Les Tombales ! Ou bien avait-elle eu seule cette idée admirable, d'une philosophie profonde, d'exploiter les regrets d'amour qu'on ranime en ces lieux funèbres ?

Et j'aurais bien voulu savoir de qui elle était veuve, ce jour-là ?

# SUR L'EAU [1]

J'avais loué, l'été dernier, une petite maison de campagne au bord de la Seine, à plusieurs lieues de Paris, et j'allais y coucher tous les soirs [2]. Je fis, au bout de quelques jours, la connaissance d'un de mes voisins, un homme de trente à quarante ans, qui était bien le type le plus curieux que j'eusse jamais vu. C'était un vieux canotier, mais un canotier enragé, toujours près de l'eau, toujours sur l'eau, toujours dans l'eau. Il devait être né dans un canot, et il mourra bien certainement dans le canotage final.

Un soir que nous nous promenions au bord de la Seine, je lui demandai de me raconter quelques anecdotes de sa vie nautique. Voilà immédiatement mon bonhomme qui s'anime, se transfigure, devient éloquent, presque poète. Il avait dans le cœur une grande passion, une passion dévorante, irrésistible : la rivière.

— Ah! me dit-il, combien j'ai de souvenirs sur cette rivière que vous voyez couler là près de nous! Vous autres, habitants des rues, vous ne savez pas ce qu'est la rivière. Mais écoutez un pêcheur prononcer ce mot. Pour lui, c'est la chose mystérieuse, profonde, inconnue, le pays des mirages et des fantasmagories, où l'on voit, la nuit, des choses qui ne sont pas, où l'on entend des bruits que l'on ne connaît point, où l'on tremble sans savoir pourquoi, comme en traversant un cimetière : et c'est en effet le plus sinistre des cimetières, celui où l'on n'a point de tombeau.

La terre est bornée pour le pêcheur, et dans l'ombre, quand il n'y a pas de lune, la rivière est illimitée. Un marin n'éprouve point la même chose pour la mer. Elle est souvent dure et méchante, c'est vrai, mais elle crie, elle hurle, elle est loyale, la grande mer ; tandis que la rivière est silencieuse et perfide. Elle ne gronde pas, elle coule toujours sans bruit, et ce mouvement éternel de l'eau qui coule est plus effrayant pour moi que les hautes vagues de l'Océan.

Des rêveurs prétendent que la mer cache dans son sein d'immenses pays bleuâtres, où les noyés roulent parmi les grands poissons, au milieu d'étranges forêts et dans des grottes de cristal. La rivière n'a que des profondeurs noires où l'on pourrit dans la vase. Elle est belle pourtant quand elle brille au soleil levant et qu'elle clapote doucement entre ses berges couvertes de roseaux qui murmurent.

Le poète a dit en parlant de l'Océan :

> *O flots, que vous savez de lugubres histoires !*
> *Flots profonds, redoutés des mères à genoux,*
> *Vous vous les racontez en montant les marées*
> *Et c'est ce qui vous fait ces voix désespérées*
> *Que vous avez, le soir, quand vous venez vers nous* [1].

Eh bien, je crois que les histoires chuchotées par les roseaux minces avec leurs petites voix si douces doivent être encore plus sinistres que les drames lugubres racontés par les hurlements des vagues.

Mais puisque vous me demandez quelques-uns de mes souvenirs, je vais vous dire une singulière aventure qui m'est arrivée ici, il y a une dizaine d'années.

J'habitais, comme aujourd'hui, la maison de la mère Lafon, et un de mes meilleurs camarades, Louis Bernet, qui a maintenant renoncé au canotage, à ses pompes et à son débraillé pour entrer au Conseil d'État, était installé au village de C... [2], deux lieues plus bas. Nous dînions tous les jours ensemble, tantôt chez lui, tantôt chez moi.

Un soir, comme je revenais tout seul et assez fatigué, traînant péniblement mon gros bateau, un *océan* de douze pieds, dont je me servais toujours la nuit [1], je m'arrêtai quelques secondes pour reprendre haleine auprès de la pointe des roseaux, là-bas, deux cents mètres environ avant le pont du chemin de fer. Il faisait un temps magnifique ; la lune resplendissait, le fleuve brillait, l'air était calme et doux. Cette tranquillité me tenta ; je me dis qu'il ferait bien bon fumer une pipe en cet endroit. L'action suivit la pensée ; je saisis mon ancre et la jetai dans la rivière.

Le canot, qui redescendait avec le courant, fila sa chaîne jusqu'au bout, puis s'arrêta ; et je m'assis à l'arrière sur ma peau de mouton, aussi commodément qu'il me fut possible. On n'entendait rien, rien : parfois seulement, je croyais saisir un petit clapotement presque insensible de l'eau contre la rive, et j'apercevais des groupes de roseaux plus élevés qui prenaient des figures surprenantes et semblaient par moments s'agiter.

Le fleuve était parfaitement tranquille, mais je me sentis ému par le silence extraordinaire qui m'entourait. Toutes les bêtes, grenouilles et crapauds, ces chanteurs nocturnes des marécages, se taisaient. Soudain, à ma droite, contre moi, une grenouille coassa. Je tressaillis : elle se tut ; je n'entendis plus rien, et je résolus de fumer un peu pour me distraire. Cependant, quoique je fusse un culotteur de pipes renommé, je ne pus pas ; dès la seconde bouffée, le cœur me tourna et je cessai. Je me mis à chantonner ; le son de ma voix m'était pénible ; alors, je m'étendis au fond du bateau et je regardai le ciel. Pendant quelque temps, je demeurai tranquille, mais bientôt les légers mouvements de la barque m'inquiétèrent. Il me sembla qu'elle faisait des embardées gigantesques, touchant tour à tour les deux berges du fleuve ; puis je crus qu'un être ou qu'une force invisible l'attirait doucement au fond de l'eau et la soulevait ensuite pour la laisser retomber. J'étais bal-

lotté comme au milieu d'une tempête; j'entendis des
bruits autour de moi; je me dressai d'un bond; l'eau
brillait, tout était calme.

Je compris que j'avais les nerfs un peu ébranlés et je
résolus de m'en aller. Je tirai sur ma chaîne; le canot se
mit en mouvement, puis je sentis une résistance, je tirai
plus fort, l'ancre ne vint pas; elle avait accroché quelque
chose au fond de l'eau et je ne pouvais la soulever; je
recommençai à tirer, mais inutilement.

Alors, avec mes avirons, je fis tourner mon bateau et je
le portai en amont pour changer la position de l'ancre.
Ce fut en vain, elle tenait toujours; je fus pris de colère
et je secouai la chaîne rageusement. Rien ne remua. Je
m'assis découragé et je me mis à réfléchir sur ma
position. Je ne pouvais songer à casser cette chaîne ni à
la séparer de l'embarcation, car elle était énorme et
rivée à l'avant dans un morceau de bois plus gros que
mon bras; mais comme le temps demeurait fort beau, je
pensai que je ne tarderais point, sans doute, à rencontrer
quelque pêcheur qui viendrait à mon secours. Ma
mésaventure m'avait calmé; je m'assis et je pus enfin
fumer ma pipe. Je possédais une bouteille de rhum, j'en
bus deux ou trois verres, et ma situation me fit rire. Il
faisait très chaud, de sorte qu'à la rigueur je pouvais,
sans grand mal, passer la nuit à la belle étoile.

Soudain, un petit coup sonna contre mon bordage. Je
fis un soubresaut, et une sueur froide me glaça des pieds
à la tête. Ce bruit venait sans doute de quelque bout de
bois entraîné par le courant, mais cela avait suffi et je
me sentis envahi de nouveau par une étrange agitation
nerveuse. Je saisis ma chaîne et je me raidis dans un
effort désespéré. L'ancre tint bon. Je me rassis épuisé.

Cependant, la rivière s'était peu à peu couverte d'un
brouillard blanc très épais qui rampait sur l'eau fort
bas, de sorte que, en me dressant debout, je ne voyais
plus le fleuve, ni mes pieds, ni mon bateau, mais
j'apercevais seulement les pointes des roseaux, puis,
plus loin, la plaine toute pâle de la lumière de la lune,

avec de grandes taches noires qui montaient dans le
ciel, formées par des groupes de peupliers d'Italie.
J'étais comme enseveli jusqu'à la ceinture dans une
nappe de coton d'une blancheur singulière, et il me
venait des imaginations fantastiques. Je me figurais
qu'on essayait de monter dans ma barque que je ne
pouvais plus distinguer, et que la rivière, cachée par
ce brouillard opaque, devait être pleine d'êtres
étranges qui nageaient autour de moi. J'éprouvais un
malaise horrible, j'avais les tempes serrées, mon cœur
battait à m'étouffer, et, perdant la tête, je pensai à
me sauver à la nage ; puis aussitôt cette idée me fit
frissonner d'épouvante. Je me vis, perdu, allant à
l'aventure dans cette brume épaisse, me débattant au
milieu des herbes et des roseaux que je ne pourrais
éviter, râlant de peur, ne voyant pas la berge, ne
retrouvant plus mon bateau, et il me semblait que je
me sentirais tiré par les pieds tout au fond de cette
eau noire.

En effet, comme il m'eût fallu remonter le courant
au moins pendant cinq cents mètres avant de trouver
un point libre d'herbes et de joncs où je pusse prendre pied, il y avait pour moi neuf chances sur dix de
ne pouvoir me diriger dans ce brouillard et de me
noyer, quelque bon nageur que je fusse.

J'essayais de me raisonner. Je me sentais la volonté
bien ferme de ne point avoir peur, mais il y avait en
moi autre chose que ma volonté, et cette autre chose
avait peur. Je me demandai ce que je pouvais redou-
ter ; mon *moi* brave railla mon *moi* poltron, et jamais
aussi bien que ce jour-là je ne saisis l'opposition des
deux êtres qui sont en nous, l'un voulant, l'autre
résistant, et chacun l'emportant tour à tour.

Cet effroi bête et inexplicable grandissait toujours
et devenait de la terreur. Je demeurais immobile, les
yeux ouverts, l'oreille tendue et attendant. Quoi ? Je
n'en savais rien, mais ce devait être terrible. Je crois
que si un poisson se fût avisé de sauter hors de l'eau,

comme cela arrive souvent, il n'en aurait pas fallu davantage pour me faire tomber raide, sans connaissance[1].

Cependant, par un effort violent, je finis par ressaisir à peu près ma raison qui m'échappait. Je pris de nouveau ma bouteille de rhum et je bus à grands traits. Alors une idée me vint et je me mis à crier de toutes mes forces en me tournant successivement vers les quatre points de l'horizon. Lorsque mon gosier fut absolument paralysé, j'écoutai. — Un chien hurlait, très loin.

Je bus encore et je m'étendis tout de mon long au fond du bateau. Je restai ainsi peut-être une heure, peut-être deux, sans dormir, les yeux ouverts, avec des cauchemars autour de moi. Je n'osais pas me lever et pourtant je le désirais violemment ; je remettais de minute en minute. Je me disais : — « Allons, debout ! » et j'avais peur de faire un mouvement. A la fin, je me soulevai avec des précautions infinies, comme si ma vie eût dépendu du moindre bruit que j'aurais fait, et je regardai par-dessus le bord.

Je fus ébloui par le plus merveilleux, le plus étonnant spectacle qu'il soit possible de voir. C'était une de ces fantasmagories du pays des fées, une de ces visions racontées par les voyageurs qui reviennent de très loin et que nous écoutons sans les croire.

Le brouillard qui, deux heures auparavant, flottait sur l'eau, s'était peu à peu retiré et ramassé sur les rives. Laissant le fleuve absolument libre, il avait formé sur chaque berge une colline ininterrompue, haute de six ou sept mètres, qui brillait sous la lune avec l'éclat superbe des neiges. De sorte qu'on ne voyait rien autre chose que cette rivière lamée de feu entre ces deux montagnes blanches ; et là-haut, sur ma tête, s'étalait, pleine et large, une grande lune illuminante au milieu d'un ciel bleuâtre et laiteux.

Toutes les bêtes de l'eau s'étaient réveillées · les grenouilles coassaient furieusement, tandis que, d'instant en instant, tantôt à droite, tantôt à gauche, j'entendais cette note courte, monotone et triste, que jette aux étoiles la voix cuivrée des crapauds. Chose étrange, je n'avais plus peur ; j'étais au milieu d'un paysage tellement extraordinaire que les singularités les plus fortes n'eussent pu m'étonner.

Combien de temps cela dura-t-il, je n'en sais rien, car j'avais fini par m'assoupir. Quand je rouvris les yeux, la lune était couchée, le ciel plein de nuages. L'eau clapotait lugubrement, le vent soufflait, il faisait froid, l'obscurité était profonde.

Je bus ce qui me restait de rhum, puis j'écoutai en grelottant le froissement des roseaux et le bruit sinistre de la rivière. Je cherchai à voir, mais je ne pus distinguer mon bateau, ni mes mains elles-mêmes, que j'approchais de mes yeux.

Peu à peu, cependant, l'épaisseur du noir diminua. Soudain je crus sentir qu'une ombre glissait tout près de moi ; je poussai un cri, une voix répondit ; c'était un pêcheur. Je l'appelai, il s'approcha et je lui racontai ma mésaventure. Il mit alors son bateau bord à bord avec le mien, et tous les deux nous tirâmes sur la chaîne. L'ancre ne remua pas. Le jour venait, sombre, gris, pluvieux, glacial, une de ces journées qui vous apportent des tristesses et des malheurs. J'aperçus une autre barque, nous la hélâmes. L'homme qui la montait unit ses efforts aux nôtres ; alors, peu à peu l'ancre céda. Elle montait, mais doucement, doucement, et chargée d'un poids considérable. Enfin nous aperçûmes une masse noire, et nous la tirâmes à mon bord :

C'était le cadavre d'une vieille femme qui avait une grosse pierre au cou[1].

# HISTOIRE D'UNE FILLE DE FERME[1]

## I

Comme le temps était fort beau, les gens de la ferme avaient dîné plus vite que de coutume et s'en étaient allés dans les champs.

Rose, la servante, demeura toute seule au milieu de la vaste cuisine où un reste de feu s'éteignait dans l'âtre sous la marmite pleine d'eau chaude. Elle puisait à cette eau par moments et lavait lentement sa vaisselle, s'interrompant pour regarder deux carrés lumineux que le soleil, à travers la fenêtre, plaquait sur la longue table, et dans lesquels apparaissaient les défauts des vitres.

Trois poules très hardies cherchaient des miettes sous les chaises. Des odeurs de basse-cour, des tiédeurs fermentées d'étable entraient par la porte entr'ouverte ; et dans le silence du midi brûlant on entendait chanter les coqs.

Quand la fille eut fini sa besogne, essuyé la table, nettoyé la cheminée et rangé les assiettes sur le haut dressoir au fond près de l'horloge en bois au tictac sonore, elle respira, un peu étourdie, oppressée sans savoir pourquoi. Elle regarda les murs d'argile noircis, les poutres enfumées du plafond où pendaient des toiles d'araignée, des harengs saurs et des rangées d'oignons ; puis elle s'assit, gênée par les émanations anciennes que la chaleur de ce jour faisait sortir de la terre battue du sol où avaient séché tant de choses répandues depuis si longtemps. Il s'y mêlait aussi la saveur âcre du laitage qui crémait[1] au frais dans la pièce à côté. Elle voulut cependant se mettre à coudre comme elle en avait l'habitude, mais la force lui manqua et elle alla respirer sur le seuil.

Alors, caressée par l'ardente lumière, elle sentit une douceur qui lui pénétrait au cœur, un bien-être coulant dans ses membres.

Devant la porte, le fumier dégageait sans cesse une petite vapeur miroitante. Les poules se vautraient dessus, couchées sur le flanc, et grattaient un peu d'une seule patte pour trouver des vers. Au milieu d'elles, le coq, superbe, se dressait. A chaque instant il en choisissait une et tournait autour avec un petit gloussement d'appel. La poule se levait nonchalamment et le recevait d'un air tranquille, pliant les pattes et le supportant sur ses ailes ; puis elle secouait ses plumes d'où sortait de la poussière et s'étendait de nouveau sur le fumier, tandis que lui chantait, comptant ses triomphes ; et dans toutes les cours tous les coqs lui répondaient, comme si, d'une ferme à l'autre, ils se fussent renvoyé des défis amoureux.

La servante les regardait sans penser ; puis elle leva les yeux et fut éblouie par l'éclat des pommiers en fleur, tout blancs comme des têtes poudrées.

Soudain un jeune poulain, affolé de gaieté, passa devant elle en galopant. Il fit deux fois le tour des fossés plantés d'arbres, puis s'arrêta brusquement et tourna la tête comme étonné d'être seul.

Elle aussi se sentait une envie de courir, un besoin de mouvement et, en même temps, un désir de s'étendre, d'allonger ses membres, de se reposer dans l'air immobile et chaud. Elle fit quelques pas, indécise, fermant les yeux, saisie par un bien-être bestial ; puis, tout doucement, elle alla chercher les œufs au poulailler. Il y en avait treize, qu'elle prit et rapporta. Quand ils furent

serrés dans le buffet, les odeurs de la cuisine l'incommo-
dèrent de nouveau et elle sortit pour s'asseoir un peu sur
l'herbe.

La cour de ferme, enfermée par les arbres, semblait
dormir. L'herbe haute, où les pissenlits jaunes éclataient
comme des lumières, était d'un vert puissant, d'un vert
tout neuf de printemps. L'ombre des pommiers se
ramassait en rond à leurs pieds ; et les toits de chaume
des bâtiments, au sommet desquels poussaient des iris
aux feuilles pareilles à des sabres, fumaient un peu
comme si l'humidité des écuries et des granges se fût
envolée à travers la paille.

La servante arriva sous le hangar où l'on rangeait les
chariots et les voitures. Il y avait là, dans le creux du
fossé, un grand trou vert plein de violettes dont l'odeur
se répandait, et par-dessus le talus, on apercevait la
campagne, une vaste plaine où poussaient les récoltes,
avec des bouquets d'arbres par endroits, et, de place en
place, des groupes de travailleurs lointains, tout petits
comme des poupées, des chevaux blancs pareils à des
jouets, traînant une charrue d'enfant poussée par un
bonhomme haut comme le doigt.

Elle alla prendre une botte de paille dans un grenier et
la jeta dans ce trou pour s'asseoir dessus ; puis, n'étant
pas à son aise, elle défit le lien, éparpilla son siège et
s'étendit sur le dos, les deux bras sous la tête et les
jambes allongées.

Tout doucement elle fermait les yeux, assoupie dans
une mollesse délicieuse. Elle allait même s'endormir
tout à fait, quand elle sentit deux mains qui lui prenaient la poitrine, et elle se redressa d'un bond. C'était
Jacques, le garçon de ferme, un grand Picard bien
découplé, qui la courtisait depuis quelque temps. Il
travaillait ce jour-là dans la bergerie, et, l'ayant vue
s'étendre à l'ombre, il était venu à pas de loup, retenant
son haleine, les yeux brillants, avec des brins de paille
dans les cheveux.

Il essaya de l'embrasser, mais elle le gifla, forte

comme lui ; et, sournois, il demanda grâce. Alors ils s'assirent l'un près de l'autre et ils causèrent amicalement. Ils parlèrent du temps qui était favorable aux moissons, de l'année qui s'annonçait bien, de leur maître, un brave homme, puis des voisins, du pays tout entier, d'eux-mêmes, de leur village, de leur jeunesse, de leurs souvenirs, des parents qu'ils avaient quittés pour longtemps, pour toujours peut-être. Elle s'attendrit en pensant à cela, et lui, avec son idée fixe, se rapprochait, se frottait contre elle, frémissant, tout envahi par le désir. Elle disait :

— Y a bien longtemps que je n'ai vu maman ; c'est dur tout de même d'être séparées tant que ça.

Et son œil perdu regardait au loin, à travers l'espace, jusqu'au village abandonné là-bas, là-bas, vers le nord.

Lui, tout à coup, la saisit par le cou et l'embrassa de nouveau ; mais, de son poing fermé, elle le frappa en pleine figure si violemment qu'il se mit à saigner du nez ; et il se leva pour aller appuyer sa tête contre un tronc d'arbre. Alors elle fut attendrie et, se rapprochant de lui, elle demanda :

— Ça te fait mal ?

Mais il se mit à rire. Non, ce n'était rien ; seulement elle avait tapé juste sur le milieu. Il murmurait : « Cré coquin ! » et il la regardait avec admiration, pris d'un respect, d'une affection tout autre, d'un commencement d'amour vrai pour cette grande gaillarde si solide.

Quand le sang eut cessé de couler, il lui proposa de faire un tour, craignant, s'ils restaient ainsi côte à côte, la rude poigne de sa voisine. Mais d'elle-même elle lui prit le bras, comme font les promis le soir, dans l'avenue, et elle lui dit :

— Ça n'est pas bien, Jacques, de me mépriser comme ça.

Il protesta. Non, il ne la méprisait pas, mais il était amoureux, voilà tout.

— Alors, tu me veux bien en mariage ? dit-elle.

Il hésita, puis il se mit à la regarder de côté pendant

qu'elle tenait ses yeux perdus au loin devant elle. Elle avait les joues rouges et pleines, une large poitrine saillante sous l'indienne de son caraco[1], de grosses lèvres fraîches, et sa gorge, presque nue, était semée de petites gouttes de sueur. Il se sentit repris d'envie, et, la bouche dans son oreille, il murmura :

— Oui, je veux bien.

Alors elle lui jeta ses bras au cou et elle l'embrassa si longtemps qu'ils en perdaient haleine tous les deux.

De ce moment commença entre eux l'éternelle histoire de l'amour. Ils se lutinaient dans les coins ; ils se donnaient des rendez-vous au clair de la lune, à l'abri d'une meule de foin, et ils se faisaient des bleus aux jambes, sous la table, avec leurs gros souliers ferrés.

Puis, peu à peu, Jacques parut s'ennuyer d'elle ; il l'évitait, ne lui parlait plus guère, ne cherchait plus à la rencontrer seule. Alors elle fut envahie par des doutes et une grande tristesse ; et, au bout de quelque temps, elle s'aperçut qu'elle était enceinte.

Elle fut consternée d'abord, puis une colère lui vint, plus forte chaque jour, parce qu'elle ne parvenait point à le trouver, tant il l'évitait avec soin.

Enfin, une nuit, comme tout le monde dormait dans la ferme, elle sortit sans bruit, en jupon, pieds nus, traversa la cour et poussa la porte de l'écurie où Jacques était couché dans une grande boîte pleine de paille au-dessus de ses chevaux. Il fit semblant de ronfler en l'entendant venir ; mais elle se hissa près de lui, et, à genoux à son côté, le secoua jusqu'à ce qu'il se dressât.

Quand il se fut assis, demandant : — « Qu'est-ce que tu veux ? » elle prononça, les dents serrées, tremblant de fureur : — « Je veux, je veux que tu m'épouses, puisque tu m'as promis le mariage. » Il se mit à rire et répondit : — « Ah bien ! si on épousait toutes les filles avec qui on a fauté, ça ne serait pas à faire. »

Mais elle le saisit à la gorge, le renversa sans qu'il pût se débarrasser de son étreinte farouche, et, l'étranglant, elle lui cria tout près, dans la figure : — « Je suis grosse, entends-tu, je suis grosse. »

Il haletait, suffoquant ; et ils restaient là tous deux, immobiles, muets dans le silence noir troublé seulement par le bruit de mâchoire d'un cheval qui tirait sur la paille du râtelier, puis la broyait avec lenteur.

Quand Jacques comprit qu'elle était la plus forte, il balbutia :

— Eh bien, je t'épouserai, puisque c'est ça.

Mais elle ne croyait plus à ses promesses.

— Tout de suite, dit-elle ; tu feras publier les bans.

Il répondit :

— Tout de suite.

— Jure-le sur le bon Dieu.

Il hésita pendant quelques secondes, puis prenant son parti :

— Je le jure sur le bon Dieu.

Alors elle ouvrit les doigts et, sans ajouter une parole, s'en alla.

Elle fut quelques jours sans pouvoir lui parler, et l'écurie se trouvant désormais fermée à clef toutes les nuits, elle n'osait pas faire de bruit de crainte du scandale.

Puis, un matin, elle vit entrer à la soupe un autre valet. Elle demanda :

— Jacques est parti ?

— Mais oui, dit l'autre, je suis à sa place.

Elle se mit à trembler si fort, qu'elle ne pouvait décrocher sa marmite ; puis, quand tout le monde fut au travail, elle monta dans sa chambre et pleura, la face dans son traversin, pour n'être pas entendue.

Dans la journée, elle essaya de s'informer sans éveiller les soupçons ; mais elle était tellement obsédée par la pensée de son malheur qu'elle croyait voir rire malicieusement tous les gens qu'elle interrogeait. Du reste, elle ne put rien apprendre, sinon qu'il avait quitté le pays tout à fait.

II

Alors commença pour elle une vie de torture continuelle. Elle travaillait comme une machine, sans s'occuper de ce qu'elle faisait, avec cette idée fixe en tête : « Si on le savait ! »

Cette obsession constante la rendait tellement incapable de raisonner qu'elle ne cherchait même pas les moyens d'éviter ce scandale qu'elle sentait venir, se rapprochant chaque jour, irréparable, et sûr comme la mort.

Elle se levait tous les matins bien avant les autres et, avec une persistance acharnée, essayait de regarder sa taille dans un petit morceau d'une glace cassée qui lui servait à se peigner, très anxieuse de savoir si ce n'était pas aujourd'hui qu'on s'en apercevrait.

Et, pendant le jour, elle interrompait à tout instant son travail, pour considérer du haut en bas si l'ampleur de son ventre ne soulevait pas trop son tablier.

Les mois passaient. Elle ne parlait presque plus et, quand on lui demandait quelque chose, ne comprenait pas, effarée, l'œil hébété, les mains tremblantes ; ce qui faisait dire à son maître :

— Ma pauvre fille, que t'es sotte depuis quelque temps !

A l'église, elle se cachait derrière un pilier, et n'osait plus aller à confesse, redoutant beaucoup la rencontre du curé, à qui elle prêtait un pouvoir surhumain lui permettant de lire dans les consciences.

A table, les regards de ses camarades la faisaient maintenant défaillir d'angoisse, et elle s'imaginait toujours être découverte par le vacher, un petit gars précoce et sournois dont l'œil luisant ne la quittait pas.

Un matin, le facteur lui remit une lettre. Elle n'en avait jamais reçu et resta tellement bouleversée qu'elle fut obligée de s'asseoir. C'était de lui, peut-être ? Mais, comme elle ne savait pas lire, elle restait anxieuse,

tremblante, devant ce papier couvert d'encre. Elle le
mit dans sa poche, n'osant confier son secret à personne ; et souvent elle s'arrêtait de travailler pour
regarder longtemps ces lignes également espacées
qu'une signature terminait, s'imaginant vaguement
qu'elle allait tout à coup en découvrir le sens. Enfin,
comme elle devenait folle d'impatience et d'inquiétude, elle alla trouver le maître d'école qui la fit
asseoir et lut :

« *Ma chère fille, la présente est pour te dire que je
suis bien bas ; notre voisin, maître Dentu, a pris la
plume pour te mander de venir si tu peux.*

« *Pour ta mère affectionnée,*
　　　　　　　　　« CÉSAIRE DENTU, *adjoint.* »

Elle ne dit pas un mot et s'en alla ; mais, sitôt
qu'elle fut seule, elle s'affaissa au bord du chemin, les
jambes rompues ; et elle resta là jusqu'à la nuit.

En rentrant, elle raconta son malheur au fermier,
qui la laissa partir pour autant de temps qu'elle vou-
drait, promettant de faire faire sa besogne par une
fille de journée et de la reprendre à son retour.

Sa mère était à l'agonie ; elle mourut le jour même
de son arrivée ; et, le lendemain, Rose accouchait
d'un enfant de sept mois, un petit squelette affreux,
maigre à donner des frissons, et qui semblait souffrir
sans cesse, tant il crispait douloureusement ses pauvres mains décharnées comme des pattes de crabe.

Il vécut cependant.

Elle raconta qu'elle était mariée, mais qu'elle ne
pouvait se charger du petit ; et elle le laissa chez des
voisins qui promirent d'en avoir bien soin.

Elle revint.

Mais alors, en son cœur si longtemps meurtri, se
leva, comme une aurore, un amour inconnu pour ce
petit être chétif qu'elle avait laissé là-bas ; et cet
amour même était une souffrance nouvelle, une souf-

france de toutes les heures, de toutes les minutes, puisqu'elle était séparée de lui.

Ce qui la martyrisait surtout, c'était un besoin fou de l'embrasser, de l'étreindre en ses bras, de sentir contre sa chair la chaleur de son petit corps. Elle ne dormait plus la nuit ; elle y pensait tout le jour ; et, le soir, son travail fini, elle s'asseyait devant le feu, qu'elle regardait fixement comme les gens qui pensent au loin.

On commençait même à jaser à son sujet, et on la plaisantait sur l'amoureux qu'elle devait avoir, lui demandant s'il était beau, s'il était grand, s'il était riche, à quand la noce, à quand le baptême ? Et elle se sauvait souvent pour pleurer toute seule, car ces questions lui entraient dans la peau comme des épingles.

Pour se distraire de ces tracasseries, elle se mit à l'ouvrage avec fureur, et, songeant toujours à son enfant, elle chercha les moyens d'amasser pour lui beaucoup d'argent.

Elle résolut de travailler si fort qu'on serait obligé d'augmenter ses gages.

Alors, peu à peu, elle accapara la besogne autour d'elle, fit renvoyer une servante qui devenait inutile depuis qu'elle peinait autant que deux, économisa sur le pain, sur l'huile et sur la chandelle, sur le grain qu'on jetait trop largement aux poules, sur le fourrage des bestiaux qu'on gaspillait un peu. Elle se montra avare de l'argent du maître comme si c'eût été le sien, et, à force de faire des marchés avantageux, de vendre cher ce qui sortait de la maison et de déjouer les ruses des paysans qui offraient leurs produits, elle eut seule le soin des achats et des ventes, la direction du travail des gens de peine, le compte des provisions ; et, en peu de temps, elle devint indispensable. Elle exerçait une telle surveillance autour d'elle, que la ferme, sous sa direction, prospéra prodigieusement. On parlait à deux lieues à la ronde de la « servante à maître Vallin » ; et le fermier répétait partout : — « Cette fille-là, ça vaut mieux que de l'or. »

Cependant, le temps passait et ses gages restaient les mêmes. On acceptait son travail forcé comme une chose due par toute servante dévouée, une simple marque de bonne volonté ; et elle commença à songer avec un peu d'amertume que si le fermier encaissait, grâce à elle, cinquante ou cent écus de supplément tous les mois, elle continuait à gagner ses 240 francs par an, rien de plus, rien de moins.

Elle résolut de réclamer une augmentation. Trois fois elle alla trouver le maître et, arrivée devant lui, parla d'autre chose. Elle ressentait une sorte de pudeur à solliciter de l'argent, comme si c'eût été une action un peu honteuse. Enfin, un jour que le fermier déjeunait seul dans la cuisine, elle lui dit d'un air embarrassé qu'elle désirait lui parler particulièrement. Il leva la tête, surpris, les deux mains sur la table, tenant de l'une son couteau, la pointe en l'air, et de l'autre une bouchée de pain, et il regarda fixement sa servante. Elle se troubla sous son regard et demanda huit jours pour aller au pays parce qu'elle était un peu malade.

Il les lui accorda tout de suite ; puis, embarrassé lui-même, il ajouta :

— Moi aussi j'aurai à te parler quand tu seras revenue.

### III

L'enfant allait avoir huit mois : elle ne le reconnut point. Il était devenu tout rose, joufflu, potelé partout, pareil à un petit paquet de graisse vivante. Ses doigts, écartés par des bourrelets de chair, remuaient doucement dans une satisfaction visible. Elle se jeta dessus comme sur une proie, avec un emportement de bête, et elle l'embrassa si violemment qu'il se prit à hurler de peur. Alors elle se mit elle-même à pleurer parce qu'il ne la reconnaissait pas et qu'il tendait ses bras vers sa nourrice aussitôt qu'il l'apercevait.

Dès le lendemain cependant il s'accoutuma à sa figure, et il riait en la voyant. Elle l'emportait dans la campagne, courait affolée en le tenant au bout de ses mains, s'asseyait sous l'ombre des arbres ; puis, pour la première fois de sa vie, et bien qu'il ne l'entendît point, elle ouvrait son cœur à quelqu'un, lui racontait ses chagrins, ses travaux, ses soucis, ses espérances, et elle le fatiguait sans cesse par la violence et l'acharnement de ses caresses.

Elle prenait une joie infinie à le pétrir dans ses mains, à le laver, à l'habiller ; et elle était même heureuse de nettoyer ses saletés d'enfant, comme si ces soins intimes eussent été une confirmation de sa maternité. Elle le considérait, s'étonnant qu'il fût à elle, et elle se répétait à demi-voix, en le faisant danser dans ses bras : « C'est mon petiot, c'est mon petiot. »

Elle sanglota toute la route en retournant à la ferme, et elle était à peine revenue que son maître l'appela dans sa chambre. Elle s'y rendit, très étonnée et fort émue sans savoir pourquoi.

— Assieds-toi là, dit-il.

Elle s'assit et ils restèrent pendant quelques instants a côté l'un de l'autre, embarrassés tous les deux, les bras inertes et encombrants, et sans se regarder en face, à la façon des paysans.

Le fermier, gros homme de quarante-cinq ans, deux fois veuf, jovial et têtu, éprouvait une gêne évidente qui ne lui était pas ordinaire. Enfin il se décida et se mit à parler d'un air vague, bredouillant un peu et regardant au loin dans la campagne.

— Rose, dit-il, est-ce que tu n'as jamais songé à t'établir ?

Elle devint pâle comme une morte. Voyant qu'elle ne lui répondait pas, il continua :

— Tu es une brave fille, rangée, active et économe. Une femme comme toi, ça ferait la fortune d'un homme.

Elle restait toujours immobile, l'œil effaré, ne cherchant même pas à comprendre, tant ses idées tourbillon-

naient comme à l'approche d'un grand danger. Il
attendit une seconde, puis continua :

— Vois-tu, une ferme sans maîtresse, ça ne peut pas
aller, même avec une servante comme toi.

Alors il se tut, ne sachant plus que dire ; et Rose le
regardait de l'air épouvanté d'une personne qui se
croit en face d'un assassin et s'apprête à s'enfuir au
moindre geste qu'il fera.

Enfin, au bout de cinq minutes, il demanda :

— Hé bien ! ça te va-t-il ?

Elle répondit avec une physionomie idiote :

— Quoi, not'maître ?

Alors lui, brusquement :

— Mais de m'épouser, pardine !

Elle se dressa tout à coup, puis retomba comme
cassée sur sa chaise, où elle demeura sans mouvement,
pareille à quelqu'un qui aurait reçu le coup d'un
grand malheur. Le fermier à la fin s'impatienta :

— Allons, voyons ; qu'est-ce qu'il te faut alors ?

Elle le contemplait affolée ; puis, soudain, les larmes
lui vinrent aux yeux, et elle répéta deux fois en suffoquant :

— Je ne peux pas, je ne peux pas !

— Pourquoi ça ? demanda l'homme. Allons, ne fais
pas la bête ; je te donne jusqu'à demain pour réfléchir.

Et il se dépêcha de s'en aller, très soulagé d'en avoir
fini avec cette démarche qui l'embarrassait beaucoup
et ne doutant pas que, le lendemain, sa servante
accepterait une proposition qui était pour elle tout à
fait inespérée et, pour lui, une excellente affaire, puisqu'il s'attachait ainsi à jamais une femme qui lui
rapporterait certes davantage que la plus belle dot du
pays.

Il ne pouvait d'ailleurs exister entre eux de scrupules de mésalliance, car, dans la campagne, tous sont
à peu près égaux : le fermier laboure comme son valet,
qui, le plus souvent, devient maître à son tour un jour
ou l'autre, et les servantes à tout moment passent

maîtresses sans que cela apporte aucun changement dans leur vie ou leurs habitudes.

Rose ne se coucha pas cette nuit-là. Elle tomba assise sur son lit, n'ayant plus même la force de pleurer, tant elle était anéantie. Elle restait inerte, ne sentant plus son corps, et l'esprit dispersé, comme si quelqu'un l'eût déchiquetée avec un de ces instruments dont se servent les cardeurs pour effiloquer la laine des matelas.

Par instants seulement elle parvenait à rassembler comme des bribes de réflexions, et elle s'épouvantait à la pensée de ce qui pouvait advenir.

Ses terreurs grandirent, et chaque fois que dans le silence assoupi de la maison la grosse horloge de la cuisine battait lentement les heures, il lui venait des sueurs d'angoisse. Sa tête se perdait, les cauchemars se succédaient, sa chandelle s'éteignit ; alors commença le délire, ce délire fuyant des gens de la campagne qui se croient frappés par un sort, un besoin fou de partir, de s'échapper, de courir devant le malheur comme un vaisseau devant la tempête.

Une chouette glapit ; elle tressaillit, se dressa, passa ses mains sur sa face, dans ses cheveux, se tâta le corps comme une folle ; puis, avec des allures de somnambule, elle descendit. Quand elle fut dans la cour, elle rampa pour n'être point vue par quelque goujat[1] rôdeur, car la lune, près de disparaître, jetait une lueur claire dans les champs. Au lieu d'ouvrir la barrière, elle escalada le talus ; puis, quand elle fut en face de la campagne, elle partit. Elle filait droit devant elle, d'un trot élastique et précipité, et, de temps en temps, inconsciemment, elle jetait un cri perçant. Son ombre démesurée, couchée sur le sol à son côté, filait avec elle, et parfois un oiseau de nuit venait tournoyer sur sa tête. Les chiens dans les cours de fermes aboyaient en l'entendant passer ; l'un d'eux sauta le fossé et la poursuivit pour la mordre ; mais elle se retourna sur lui en hurlant de telle façon que l'animal épouvanté s'enfuit, se blottit dans sa loge et se tut.

Parfois une jeune famille de lièvres folâtrait dans un champ ; mais, quand approchait l'enragée coureuse, pareille à une Diane en délire, les bêtes craintives se débandaient ; les petits et la mère disparaissaient blottis dans un sillon, tandis que le père déboulait à toutes pattes et, parfois, faisait passer son ombre bondissante, avec ses grandes oreilles dressées, sur la lune à son coucher, qui plongeait maintenant au bout du monde et éclairait la plaine de sa lumière oblique, comme une énorme lanterne posée par terre à l'horizon.

Les étoiles s'effacèrent dans les profondeurs du ciel, quelques oiseaux pépiaient ; le jour naissait. La fille, exténuée, haletait ; et quand le soleil perça l'aurore empourprée, elle s'arrêta[1].

Ses pieds enflés se refusaient à marcher ; mais elle aperçut une mare, une grande mare dont l'eau stagnante semblait du sang, sous les reflets rouges du jour nouveau, et elle alla, à petits pas, boitant, la main sur son cœur, tremper ses deux jambes dedans.

Elle s'assit sur une touffe d'herbe, ôta ses gros souliers pleins de poussière, défit ses bas, et enfonça ses mollets bleus dans l'onde immobile où venaient parfois crever des bulles d'air.

Une fraîcheur délicieuse lui monta des talons jusqu'à la gorge ; et, tout à coup, pendant qu'elle regardait fixement cette mare profonde, un vertige la saisit, un désir furieux d'y plonger tout entière. Ce serait fini de souffrir là-dedans, fini pour toujours. Elle ne pensait plus à son enfant ; elle voulait la paix, le repos complet, dormir sans fin. Alors elle se dressa, les bras levés, et fit deux pas en avant. Elle enfonçait maintenant jusqu'aux cuisses, et déjà elle se précipitait, quand des piqûres ardentes aux chevilles la firent sauter en arrière, et elle poussa un cri désespéré, car depuis ses genoux jusqu'au bout de ses pieds de longues sangsues noires buvaient sa vie, se gonflaient, collées à sa chair. Elle n'osait point y toucher et hurlait d'horreur. Ses clameurs désespérées attirèrent un paysan qui passait au loin avec sa voiture.

Il arracha les sangsues une à une, comprima les plaies avec des herbes et ramena la fille dans sa carriole jusqu'à la ferme de son maître.

Elle fut pendant quinze jours au lit, puis, le matin où elle se releva, comme elle était assise devant la porte, le fermier vint soudain se planter devant elle.

— Eh bien, dit-il, c'est une affaire entendue, n'est-ce pas ?

Elle ne répondit point d'abord, puis, comme il restait debout, la perçant de son regard obstiné, elle articula péniblement :

— Non, not'maître, je ne peux pas.

Mais il s'emporta tout à coup.

— Tu ne peux pas, la fille, tu ne peux pas, pourquoi ça ?

Elle se remit à pleurer et répéta :

— Je ne peux pas.

Il la dévisageait, et il lui cria dans la face :

— C'est donc que tu as un amoureux ?

Elle balbutia, tremblant de honte :

— Peut-être bien que c'est ça.

L'homme, rouge comme un coquelicot, bredouillait de colère :

— Ah ! tu l'avoues donc, gueuse ! Et qu'est-ce que c'est, ce merle-là ? Un va-nu-pieds, un sans-le-sou, un couche-dehors, un crève-la-faim ? Qu'est-ce que c'est, dis ?

Et, comme elle ne répondait rien :

— Ah ! tu ne veux pas... Je vas te le dire, moi : c'est Jean Baudu ?

Elle s'écria :

— Oh ! non, pas lui.

— Alors c'est Pierre Martin ?

— Oh non ! not'maître.

Et il nommait éperdument tous les garçons du pays, pendant qu'elle niait, accablée, et s'essuyant les yeux à tout moment du coin de son tablier bleu. Mais lui cherchait toujours avec son obstination de brute, grat tant à ce cœur pour connaître son secret, comme un chien de chasse qui fouille un terrier tout un jour pour avoir la bête qu'il sent au fond. Tout à coup l'homme s'écria :

— Eh! pardine, c'est Jacques, le valet de l'autre année ; on disait bien qu'il te parlait et que vous vous étiez promis mariage.

Rose suffoqua ; un flot de sang empourpra sa face ; ses larmes tarirent tout à coup ; elles se séchèrent sur ses joues comme des gouttes d'eau sur du fer rouge. Elle s'écria :

— Non, ce n'est pas lui, ce n'est pas lui!

— Est-ce bien sûr, ça ? demanda le paysan malin qui flairait un bout de vérité.

Elle répondit précipitamment :

— Je vous le jure, je vous le jure...

Elle cherchait sur quoi jurer, n'osant point invoquer les choses sacrées. Il l'interrompit :

— Il te suivait pourtant dans les coins et il te mangeait des yeux pendant tous les repas. Lui as-tu promis ta foi, hein, dis ?

Cette fois, elle regarda son maître en face.

— Non, jamais, jamais, et je vous jure par le bon Dieu que s'il venait aujourd'hui me demander, je ne voudrais pas de lui.

Elle avait l'air tellement sincère que le fermier hésita. Il reprit, comme se parlant à lui-même :

— Alors, quoi ? Il ne t'est pourtant pas arrivé un malheur, on le saurait. Et puisqu'il n'y a pas eu de conséquence, une fille ne refuserait pas son maître à cause de ça. Il faut pourtant qu'il y ait quelque chose.

Elle ne répondait plus rien, étranglée par une angoisse.

Il demanda encore : — « Tu ne veux point ? »

Elle soupira : — « Je n'peux pas, not'maître. » Et il tourna les talons.

Elle se crut débarrassée et passa le reste du jour à peu près tranquille, mais aussi rompue et exténuée que si, à la place du vieux cheval blanc, on lui eût fait tourner depuis l'aurore la machine à battre le grain.

Elle se coucha sitôt qu'elle le put et s'endormit tout d'un coup.

Vers le milieu de la nuit, deux mains qui palpaient son lit la réveillèrent. Elle tressauta de frayeur, mais elle reconnut aussitôt la voix du fermier qui lui disait :

— « N'aie pas peur, Rose, c'est moi qui viens pour te parler. » Elle fut d'abord étonnée ; puis, comme il essayait de pénétrer sous ses draps, elle comprit ce qu'il cherchait et se mit à trembler très fort, se sentant seule dans l'obscurité, encore lourde de sommeil, et toute nue, et dans un lit, auprès de cet homme qui la voulait. Elle ne consentait pas, pour sûr, mais elle résistait nonchalamment, luttant elle-même contre l'instinct toujours plus puissant chez les natures simples, et mal protégée par la volonté indécise de ces races inertes et molles. Elle tournait sa tête, tantôt vers le mur, tantôt vers la chambre, pour éviter les caresses dont la bouche du fermier poursuivait la sienne, et son corps se tordait un peu sous sa couverture, énervé par la fatigue de la lutte. Lui, devenait brutal, grisé par le désir. Il la découvrit d'un mouvement brusque. Alors elle sentit bien qu'elle ne pouvait plus résister. Obéissant à une pudeur d'autruche, elle cacha sa figure dans ses mains et cessa de se défendre.

Le fermier resta la nuit auprès d'elle. Il y revint le soir suivant, puis tous les jours.

Ils vécurent ensemble.

Un matin, il lui dit : « — J'ai fait publier les bans, nous nous marierons le mois prochain. »

Elle ne répondit pas. Que pouvait-elle dire ? Elle ne résista point. Que pouvait-elle faire ?

IV

Elle l'épousa. Elle se sentait enfoncée dans un trou
aux bords inaccessibles, dont elle ne pourrait jamais
sortir, et toutes sortes de malheurs restaient suspen-
dus sur sa tête comme des gros rochers qui tombe-
raient à la première occasion. Son mari lui faisait
l'effet d'un homme qu'elle avait volé et qui s'en apercevrait un jour ou l'autre. Et puis elle pensait à son
petit d'où venait tout son malheur, mais d'où venait
aussi tout son bonheur sur la terre.

Elle allait le voir deux fois l'an et revenait plus
triste chaque fois.

Cependant, avec l'habitude, ses appréhensions se
calmèrent, son cœur s'apaisa, et elle vivait plus
confiante avec une vague crainte flottant encore en
son âme.

Des années passèrent; l'enfant gagnait six ans. Elle
était maintenant presque heureuse, quand tout à coup
l'humeur du fermier s'assombrit.

Depuis deux ou trois années déjà il semblait nourrir
une inquiétude, porter en lui un souci, quelque mal de
l'esprit grandissant peu à peu. Il restait longtemps à
table après son dîner, la tête enfoncée dans ses mains,
et triste, triste, rongé par le chagrin. Sa parole devenait plus vive, brutale parfois; et il semblait même
qu'il avait une arrière-pensée contre sa femme, car il
lui répondait par moments avec dureté, presque avec
colère.

Un jour que le gamin d'une voisine était venu chercher des œufs, comme elle le rudoyait un peu, pressée
par la besogne, son mari apparut tout à coup et lui dit
de sa voix méchante :

— Si c'était le tien, tu ne le traiterais pas comme
ça.

Elle demeura saisie, sans pouvoir répondre, puis elle
rentra, avec toutes ses angoisses réveillées.

Au dîner, le fermier ne lui parla pas, ne la regarda pas, et il semblait la détester, la mépriser, savoir quelque chose enfin.

Perdant la tête, elle n'osa point rester seule avec lui après le repas ; elle se sauva et courut jusqu'à l'église.

La nuit tombait ; l'étroite nef était toute sombre, mais un pas rôdait dans le silence là-bas, vers le chœur, car le sacristain préparait pour la nuit la lampe du tabernacle. Ce point de feu tremblotant, noyé dans les ténèbres de la voûte, apparut à Rose comme une dernière espérance, et, les yeux fixés sur lui, elle s'abattit à genoux.

La mince veilleuse remonta dans l'air avec un bruit de chaîne. Bientôt retentit sur le pavé un saut régulier de sabots que suivait un frôlement de corde traînant, et la maigre cloche jeta l'*Angelus* du soir à travers les brumes grandissantes. Comme l'homme allait sortir, elle le joignit.

— Monsieur le curé est-il chez lui ? dit-elle.

Il répondit :

— Je crois bien, il dîne toujours à l'*Angelus*.

Alors elle poussa en tremblant la barrière du presbytère.

Le prêtre se mettait à table. Il la fit asseoir aussitôt.

— Oui, oui, je sais, votre mari m'a parlé déjà de ce qui vous amène.

La pauvre femme défaillait. L'ecclésiastique reprit :

— Que voulez-vous, mon enfant ?

Et il avalait rapidement des cuillerées de soupe dont les gouttes tombaient sur sa soutane rebondie et crasseuse au ventre.

Rose n'osait plus parler, ni implorer, ni supplier ; elle se leva ; le curé lui dit :

— Du courage...

Et elle sortit.

Elle revint à la ferme sans savoir ce qu'elle faisait. Le maître l'attendait, les gens de peine étant partis en son absence. Alors elle tomba lourdement à ses pieds et elle gémit en versant des flots de larmes.

— Qu'est-ce que t'as contre moi ?

Il se mit à crier, jurant :

— J'ai que je n'ai pas d'éfants, nom de Dieu ! Quand on prend une femme, c'n'est pas pour rester tout seuls tous les deux jusqu'à la fin. V'là c'que j'ai. Quand une vache n'a point de viaux, c'est qu'elle ne vaut rien. Quand une femme n'a point d'éfant, c'est aussi qu'elle ne vaut rien.

Elle pleurait, balbutiant, répétant :

— C'n'est point d'ma faute ! c'n'est point d'ma faute !

Alors il s'adoucit un peu et il ajouta :

— J'te dis pas, mais c'est contrariant tout de même.


                              V


De ce jour elle n'eut plus qu'une pensée : avoir un enfant, un autre ; et elle confia son désir à tout le monde.

Une voisine lui indiqua un moyen : c'était de donner à boire à son mari, tous les soirs, un verre d'eau avec une pincée de cendres. Le fermier s'y prêta, mais le moyen ne réussit pas.

Ils se dirent : « Peut-être qu'il y a des secrets. » Et ils allèrent aux renseignements. On leur désigna un berger qui demeurait à dix lieues de là ; et maître Vallin ayant attelé son tilbury partit un jour pour le consulter.

Le berger lui remit un pain sur lequel il fit des signes, un pain pétri avec des herbes et dont il fallait que tous deux mangeassent un morceau, la nuit, avant comme après leurs caresses.

Le pain tout entier fut consommé sans obtenir de résultat.

Un instituteur leur dévoila des mystères, des procédés d'amour inconnus aux champs, et infaillibles, disait-il. Ils ratèrent.

Le curé conseilla un pèlerinage au précieux Sang de Fécamp[1]. Rose alla avec la foule se prosterner dans l'abbaye, et, mêlant son vœu aux souhaits grossiers qu'exhalaient tous ces cœurs de paysans, elle supplia Celui que tous imploraient de la rendre encore une fois féconde. Ce fut en vain. Alors elle s'imagina être punie de sa première faute et une immense douleur l'envahit.

Elle dépérissait de chagrin ; son mari aussi vieillissait, « se mangeait les sangs », disait-on, se consumait en espoirs inutiles.

Alors la guerre éclata entre eux. Il l'injuria, la battit. Tout le jour il la querellait, et le soir, dans leur lit, haletant, haineux, il lui jetait à la face des outrages et des ordures.

Une nuit enfin, ne sachant plus qu'inventer pour la faire souffrir davantage, il lui ordonna de se lever et d'aller attendre le jour sous la pluie devant la porte. Comme elle n'obéissait pas, il la saisit par le cou et se mit à la frapper au visage à coups de poing. Elle ne dit rien, ne remua pas. Exaspéré, il sauta à genoux sur son ventre ; et, les dents serrées, fou de rage, il l'assommait. Alors elle eut un instant de révolte désespérée, et, d'un geste furieux le rejetant contre le mur, elle se dressa sur son séant, puis, la voix changée, sifflante :

— J'en ai un éfant, moi, j'en ai un ! je l'ai eu avec Jacques ; tu sais bien, Jacques. Il devait m'épouser : il est parti.

L'homme, stupéfait, restait là, aussi éperdu qu'elle-même ; il bredouillait :

— Qué que tu dis ? qué que tu dis ?

Alors elle se mit à sangloter, et à travers ses larmes ruisselantes elle balbutia :

— C'est pour ça que je ne voulais pas t'épouser, c'est pour ça. Je ne pouvais point te le dire, tu m'aurais mise sans pain avec mon petit. Tu n'en as pas, toi, d'éfant ; tu ne sais pas, tu ne sais pas !

Il répétait machinalement, dans une surprise grandissante :

— T'as un éfant ? t'as un éfant ?

Elle prononça au milieu des hoquets :

— Tu m'as prise de force ; tu le sais bien peut-être ? moi je ne voulais point t'épouser.

Alors il se leva, alluma la chandelle, et se mit à marcher dans la chambre, les bras derrière le dos. Elle pleurait toujours, écroulée sur le lit. Tout à coup il s'arrêta devant elle : — « C'est de ma faute alors si je t'en ai pas fait ? » dit-il. Elle ne répondit pas. Il se remit à marcher ; puis, s'arrêtant de nouveau, il demanda :

— Quel âge qu'il a ton petiot ? »

Elle murmura :

— V'là qu'il va avoir six ans.

Il demanda encore :

— Pourquoi que tu me l'as pas dit ?

Elle gémit :

— Est-ce que je pouvais !

Il restait debout, immobile.

— Allons, lève-toi, dit-il.

Elle se redressa péniblement ; puis, quand elle se fut mise sur ses pieds, appuyée au mur, il se prit à rire soudain de son gros rire des bons jours ; et comme elle demeurait bouleversée, il ajouta :

— Eh bien, on ira le chercher, c't'éfant, puisque nous n'en avons pas ensemble.

Elle eut un tel effarement que si la force ne lui eût pas manqué, elle se serait assurément enfuie. Mais le fermier se frottait les mains et murmurait :

— Je voulais en adopter un, le v'là trouvé, le v'là trouvé. J'avais demandé au curé un orphelin.

Puis, riant toujours, il embrassa sur les deux joues sa femme éplorée et stupide, et il cria, comme si elle ne l'entendait pas :

— Allons, la mère, allons voir s'il y a encore de la soupe ; moi j'en mangerai bien une potée.

Elle passa sa jupe ; ils descendirent ; et pendant qu'à genoux elle rallumait le feu sous la marmite, lui, radieux, continuait à marcher à grands pas dans la cuisine en répétant :

— Eh bien, vrai, ça me fait plaisir ; c'est pas pour dire, mais je suis content, je suis bien content.

# EN FAMILLE[1]

Le tramway de Neuilly venait de passer la porte
Maillot et il filait maintenant tout le long de la grande
avenue qui aboutit à la Seine[2]. La petite machine,
attelée à son wagon, cornait pour écarter les obstacles,
crachait sa vapeur, haletait comme une personne essoufflée qui court : et ses pistons faisaient un bruit précipité
de jambes de fer en mouvement. La lourde chaleur d'une
fin de journée d'été tombait sur la route d'où s'élevait,
bien qu'aucune brise ne soufflât, une poussière blanche,
crayeuse, opaque, suffocante et chaude, qui se collait sur
la peau moite, emplissait les yeux, entrait dans les
poumons.

Des gens venaient sur leurs portes, cherchant de l'air.

Les glaces de la voiture étaient baissées, et tous les
rideaux flottaient agités par la course rapide. Quelques
personnes seulement occupaient l'intérieur (car on pré-
férait, par ces jours chauds, l'impériale ou les plates-
formes). C'étaient de grosses dames aux toilettes farces,
de ces bourgeoises de banlieue qui remplacent la dis-
tinction dont elles manquent par une dignité intempes-
tive ; des messieurs las du bureau, la figure jaunie, la
taille tournée, une épaule un peu remontée par les longs
travaux courbés sur les tables. Leurs faces inquiètes et
tristes disaient encore les soucis domestiques, les inces-
sants besoins d'argent, les anciennes espérances définiti-
vement déçues ; car tous appartenaient à cette armée de

pauvres diables râpés qui végètent économiquement dans une chétive maison de plâtre, avec une plate-bande pour jardin, au milieu de cette campagne à dépotoirs qui borde Paris[1].

Tout près de la portière, un homme petit et gros, la figure bouffie, le ventre tombant entre ses jambes ouvertes, tout habillé de noir et décoré, causait avec un grand maigre d'aspect débraillé, vêtu de coutil blanc très sale et coiffé d'un vieux panama. Le premier parlait lentement, avec des hésitations qui le faisaient parfois paraître bègue ; c'était M. Caravan, commis principal au ministère de la Marine[2]. L'autre, ancien officier de santé[3] à bord d'un bâtiment de commerce, avait fini par s'établir au rond-point de Courbevoie où il appliquait sur la misérable population de ce lieu les vagues connaissances médicales qui lui restaient après une vie aventureuse. Il se nommait Chenet et se faisait appeler docteur. Des rumeurs couraient sur sa moralité.

M. Caravan avait toujours mené l'existence normale des bureaucrates. Depuis trente ans, il venait invariablement à son bureau, chaque matin, par la même route, rencontrant à la même heure, aux mêmes endroits, les mêmes figures d'hommes allant à leurs affaires ; et il s'en retournait, chaque soir, par le même chemin où il retrouvait encore les mêmes visages qu'il avait vus vieillir[4].

Tous les jours, après avoir acheté sa feuille d'un sou[5] à l'encoignure du faubourg Saint-Honoré, il allait chercher ses deux petits pains, puis il entrait au ministère à la façon d'un coupable qui se constitue prisonnier ; et il gagnait son bureau vivement, le cœur plein d'inquiétude, dans l'attente éternelle d'une réprimande pour quelque négligence qu'il aurait pu commettre.

Rien n'était jamais venu modifier l'ordre monotone de son existence ; car aucun événement ne le touchait en dehors des affaires du bureau, des avancements et des gratifications. Soit qu'il fût au ministère, soit qu'il fût dans sa famille (car il avait épousé, sans dot, la fille d'un collègue), il ne parlait jamais que du service. Jamais son esprit atrophié par la besogne abêtissante et quotidienne n'avait plus d'autres pensées, d'autres espoirs, d'autres rêves, que ceux relatifs à son ministère. Mais une amertume gâtait toujours ses satisfactions d'employé : l'accès des commissaires de marine, des ferblantiers comme on disait à cause de leurs galons d'argent, aux emplois de sous-chef et de chef ; et chaque soir, en dînant, il argumentait fortement devant sa femme, qui partageait ses haines, pour prouver qu'il est inique à tous égards de donner des places à Paris aux gens destinés à la navigation.

Il était vieux, maintenant, n'ayant point senti passer sa vie, car le collège, sans transition, avait été continué par le bureau, et les pions, devant qui il tremblait autrefois, étaient aujourd'hui remplacés par les chefs, qu'il redoutait effroyablement. Le seuil de ces despotes en chambre le faisait frémir des pieds à la tête ; et de cette continuelle épouvante il gardait une manière gauche de se présenter, une attitude humble et une sorte de bégaiement nerveux.

Il ne connaissait pas plus Paris que ne le peut connaître un aveugle conduit par son chien, chaque jour, sous la même porte ; et s'il lisait dans son journal d'un sou les événements et les scandales, il les percevait comme des contes fantaisistes inventés à plaisir pour distraire les petits employés. Homme d'ordre, réactionnaire sans parti déterminé, mais ennemi des « *nouveautés* », il passait les faits politiques, que sa feuille, du reste, défigurait toujours pour les besoins payés d'une cause ; et quand il remontait tous les soirs l'avenue des Champs-Élysées, il considérait la foule houleuse des promeneurs et le flot roulant des équipages à la façon d'un voyageur dépaysé qui traverserait des contrées lointaines.

Ayant complété, cette année même, ses trente années de service obligatoire, on lui avait remis, au 1er janvier, la croix de la Légion d'honneur, qui récompense, dans ces administrations militarisées, la longue et misérable servitude — (on dit : *loyaux services*) — de ces tristes forçats rivés au carton vert. Cette dignité inattendue, lui donnant de sa capacité une idée haute et nouvelle, avait en tout changé ses mœurs. Il avait dès lors supprimé les pantalons de couleur et les vestons de fantaisie, porté des culottes noires et de longues redingotes où son *ruban*, très large, faisait mieux ; et, rasé tous les matins, écurant ses ongles avec plus de soin, changeant de linge tous les deux jours par un légitime sentiment de convenances et de respect pour l'*Ordre* national dont il faisait partie, il était devenu, du jour au lendemain, un autre Caravan, rincé, majestueux et condescendant[1].

Chez lui, il disait « ma croix » à tout propos. Un tel orgueil lui était venu, qu'il ne pouvait plus même souffrir à la boutonnière des autres aucun ruban d'aucune sorte. Il s'exaspérait surtout à la vue des ordres étrangers — « qu'on ne devrait pas laisser porter en France » ; et il en voulait particulièrement au docteur Chenet qu'il retrouvait tous les soirs au tramway, orné d'une décoration quelconque, blanche, bleue, orange ou verte.

La conversation des deux hommes, depuis l'Arc de Triomphe jusqu'à Neuilly, était, du reste, toujours la même ; et, ce jour-là comme les précédents, ils s'occupèrent d'abord de différents abus locaux qui les choquaient l'un et l'autre, le maire de Neuilly en prenant à son aise. Puis, comme il arrive infailliblement en compagnie d'un médecin, Caravan aborda le chapitre des maladies, espérant de cette façon glaner quelques petits conseils gratuits, ou même une consultation, en s'y prenant bien, sans laisser voir la ficelle. Sa mère, du reste, l'inquiétait depuis quelque temps. Elle avait des syncopes fréquentes et prolongées ; et, bien que vieille de quatre-vingt-dix ans, elle ne consentait point à se soigner.

Son grand âge attendrissait Caravan, qui répétait sans cesse au *docteur* Chenet : — « En voyez-vous souvent arriver là ? » Et il se frottait les mains avec bonheur, non qu'il tînt peut-être beaucoup à voir la bonne femme s'éterniser sur terre, mais parce que la longue durée de la vie maternelle était comme une promesse pour lui-même.

Il continua : — « Oh! dans ma famille, on va loin ; ainsi, moi, je suis sûr qu'à moins d'accident je mourrai très vieux. » L'officier de santé jeta sur lui un regard de pitié ; il considéra une seconde la figure rougeaude de son voisin, son cou graisseux, son bedon tombant entre deux jambes flasques et grasses, toute sa rondeur apoplectique de vieil employé ramolli ; et, relevant d'un coup de main le panama grisâtre qui lui couvrait le chef, il répondit en ricanant : « Pas si sûr que ça, mon bon, votre mère est une astèque [1] et vous n'êtes qu'un plein-de-soupe. » Caravan, troublé, se tut.

Mais le tramway arrivait à la station. Les deux compagnons descendirent, et M. Chenet offrit le vermout au café du Globe, en face, où l'un et l'autre avaient leurs habitudes. Le patron, un ami, leur allongea deux doigts qu'ils serrèrent par-dessus les bouteilles du comptoir ; et ils allèrent rejoindre trois amateurs de dominos [2], attablés là depuis midi. Des paroles cordiales furent échangées, avec le « Quoi de neuf ? » inévitable. Ensuite les joueurs se remirent à leur partie ; puis on leur souhaita le bonsoir. Ils tendirent leurs mains sans lever la tête ; et chacun rentra dîner.

Caravan habitait, auprès du rond-point de Courbevoie, une petite maison à deux étages dont le rez-de-chaussée était occupé par un coiffeur.

Deux chambres, une salle à manger et une cuisine où des sièges recollés erraient de pièce en pièce selon les besoins, formaient tout l'appartement que M$^{me}$ Caravan passait son temps à nettoyer, tandis que sa fille Marie-Louise, âgée de douze ans, et son fils Philippe-Auguste, âgé de neuf, galopinaient [3] dans les ruisseaux de l'avenue, avec tous les polissons du quartier.

Au-dessus de lui, Caravan avait installé sa mère, dont

l'avarice était célèbre aux environs et dont la mai-
greur faisait dire que le *Bon Dieu* avait appliqué sur
elle-même ses propres principes de parcimonie. Toujours de mauvaise humeur, elle ne passait point un
jour sans querelles et sans colères furieuses. Elle
apostrophait de sa fenêtre les voisins sur leurs
portes, les marchandes des quatre-saisons, les
balayeurs et les gamins qui, pour se venger, la suivaient de loin, quand elle sortait, en criant : — « A
la chie-en-lit ! »

Une petite bonne normande, incroyablement étourdie, faisait le ménage et couchait au second près de
la vieille, dans la crainte d'un accident.

Lorsque Caravan rentra chez lui, sa femme,
atteinte d'une maladie chronique de nettoyage, faisait reluire avec un morceau de flanelle l'acajou des
chaises éparses dans la solitude des pièces. Elle portait toujours des gants de fil, ornait sa tête d'un
bonnet à rubans multicolores sans cesse chaviré sur
une oreille, et répétait, chaque fois qu'on la surpre-
nait cirant, brossant, astiquant ou lessivant : — « Je
ne suis pas riche, chez moi tout est simple, mais la
propreté c'est mon luxe, et celui-ci en vaut bien un
autre. »

Douée d'un sens pratique opiniâtre, elle était en
tout le guide de son mari. Chaque soir, à table et
puis dans leur lit, ils causaient longuement des
affaires du bureau, et, bien qu'elle eût vingt ans de
moins que lui, il se confiait à elle comme à un
directeur de conscience, et suivait en tout ses
conseils.

Elle n'avait jamais été jolie ; elle était laide maintenant, de petite taille et maigrelette. L'inhabileté de
sa vêture avait toujours fait disparaître ses faibles
attributs féminins qui auraient dû saillir avec art
sous un habillage bien entendu. Ses jupes semblaient
sans cesse tournées d'un côté ; et elle se grattait souvent, n'importe où, avec indifférence du public, par

une sorte de manie qui touchait au tic. Le seul ornement qu'elle se permît consistait en une profusion de rubans de soie entremêlés sur les bonnets prétentieux qu'elle avait coutume de porter chez elle.

Aussitôt qu'elle aperçut son mari, elle se leva, et, l'embrassant sur ses favoris : — « As-tu pensé à Potin[1], mon ami ? » (C'était pour une commission qu'il avait promis de faire.) Mais il tomba atterré sur un siège ; il venait encore d'oublier pour la quatrième fois : — « C'est une fatalité, disait-il, c'est une fatalité ; j'ai beau y penser toute la journée, quand le soir vient, j'oublie toujours. » Mais comme il semblait désolé, elle le consola : — « Tu y songeras demain, voilà tout. Rien de neuf au ministère ? »

— Si, une grande nouvelle : encore un ferblantier nommé sous-chef.

Elle devint très sérieuse :

— A quel bureau ?

— Au bureau des achats extérieurs.

Elle se fâchait :

— A la place de Ramon alors, juste celle que je voulais pour toi ; et lui, Ramon ? à la retraite ?

Il balbutia : — « A la retraite. » Elle devint rageuse, le bonnet parti sur l'épaule :

— C'est fini, vois-tu, cette boîte-là, rien à faire là-dedans maintenant. Et comment s'appelle-t-il, ton commissaire ?

— Bonassot.

Elle prit l'Annuaire de la marine, qu'elle avait toujours sous la main, et chercha : « Bonassot. — Toulon. — Né en 1851. — Élève-commissaire en 1871, Sous-commissaire en 1875. »

— A-t-il navigué, celui-là ?

A cette question, Caravan se rasséréna. Une gaieté lui vint qui secouait son ventre : — « Comme Balin, juste comme Balin, son chef. » Et il ajouta, dans un rire plus fort, une vieille plaisanterie que tout le ministère trouvait délicieuse : — « Il ne faudrait pas les envoyer par eau inspecter la station navale du Point-du-Jour, ils seraient malades sur les bateaux-mouches. »

Mais elle restait grave comme si elle n'avait pas entendu, puis elle murmura en se grattant lentement le menton : « Si seulement on avait un député dans sa manche ? Quand la Chambre saura tout ce qui se passe là-dedans, le ministre sautera du coup... »

Des cris éclatèrent dans l'escalier, coupant sa phrase. Marie-Louise et Philippe-Auguste, qui revenaient du ruisseau, se flanquaient, de marche en marche, des gifles et des coups de pied. Leur mère s'élança, furieuse, et, les prenant chacun par un bras, elle les jeta dans l'appartement en les secouant avec vigueur.

Sitôt qu'ils aperçurent leur père, ils se précipitèrent sur lui, et il les embrassa tendrement, longtemps ; puis, s'asseyant, les prit sur ses genoux et fit la causette avec eux.

Philippe-Auguste était un vilain mioche, dépeigné, sale des pieds à la tête, avec une figure de crétin. Marie-Louise ressemblait à sa mère déjà, parlait comme elle, répétant ses paroles, l'imitant même en ses gestes. Elle dit aussi : — « Quoi de neuf au ministère ? » Il lui répondit gaiement : — « Ton ami Ramon, qui vient dîner ici tous les mois, va nous quitter, fifille. Il y a un nouveau sous-chef à sa place. » Elle leva les yeux sur son père, et, avec une commisération d'enfant précoce : — « Encore un qui t'a passé sur le dos, alors. »

Il finit de rire et ne répondit pas ; puis, pour faire diversion, s'adressant à sa femme qui nettoyait maintenant les vitres : — « La maman va bien, là-haut ? »

M<sup>me</sup> Caravan cessa de frotter, se retourna, redressa son bonnet tout à fait parti dans le dos, et, la lèvre tremblante : — « Ah ! oui, parlons-en de ta mère ! Elle m'en a fait une jolie ! Figure-toi que tantôt M<sup>me</sup> Lebaudin, la femme du coiffeur, est montée pour m'emprunter un paquet d'amidon, et comme j'étais sortie, ta mère l'a chassée en la traitant de « mendiante ». Aussi je l'ai arrangée, la vieille. Elle a fait semblant de ne pas entendre comme toujours quand on lui dit ses vérités, mais elle n'est pas plus sourde que moi, vois-tu ; c'est de la frime, tout ça ; et la preuve, c'est qu'elle est remontée dans sa chambre, aussitôt, sans dire un mot. »

Caravan, confus, se taisait, quand la petite bonne se précipita pour annoncer le dîner. Alors, afin de prévenir sa mère, il prit un manche à balai toujours caché dans un coin et frappa trois coups au plafond. Puis on passa dans la salle, et M^{me} Caravan la jeune servit le potage, en attendant la vieille. Elle ne venait pas, et la soupe refroidissait. Alors on se mit à manger tout doucement ; puis, quand les assiettes furent vides, on attendit encore. M^{me} Caravan, furieuse, s'en prenait à son mari : — « Elle le fait exprès, sais-tu. Aussi tu la soutiens toujours. » Lui, fort perplexe, pris entre les deux, envoya Marie-Louise chercher grand'maman, et il demeura immobile, les yeux baissés, tandis que sa femme tapait rageusement le pied de son verre avec le bout de son couteau.

Soudain la porte s'ouvrit, et l'enfant seule réapparut tout essoufflée et fort pâle ; elle dit très vite : — « Grand-maman est tombée par terre. »

Caravan, d'un bond, fut debout, et, jetant sa serviette sur la table, il s'élança dans l'escalier, où son pas lourd et précipité retentit, pendant que sa femme, croyant à une ruse méchante de sa belle-mère, s'en venait plus doucement en haussant avec mépris les épaules.

La vieille gisait tout de son long sur la face au milieu de la chambre, et, lorsque son fils l'eut retournée, elle apparut, immobile et sèche, avec sa peau jaunie, plissée, tannée, ses yeux clos, ses dents serrées, et tout son corps maigre raidi.

Caravan, à genoux près d'elle, gémissait : « Ma pauvre mère, ma pauvre mère ! » Mais l'autre M^{me} Caravan, après l'avoir considérée un instant, déclara : — « Bah ! elle a encore une syncope, voilà tout ; c'est pour nous empêcher de dîner, sois-en sûr. »

On porta le corps sur le lit, on le déshabilla complète-ment ; et tous, Caravan, sa femme, la bonne, se mirent à

le frictionner. Malgré leurs efforts, elle ne reprit pas
connaissance. Alors on envoya Rosalie chercher le *docteur* Chenet. Il habitait sur le quai, vers Suresnes. C'était
loin, l'attente fut longue. Enfin il arriva, et, après avoir
considéré, palpé, ausculté la vieille femme, il prononça :
— « C'est la fin. »

Caravan s'abattit sur le corps, secoué par des sanglots
précipités ; et il baisait convulsivement la figure rigide
de sa mère en pleurant avec tant d'abondance que de
grosses larmes tombaient comme des gouttes d'eau sur
le visage de la morte.

M^{me} Caravan la jeune eut une crise convenable de
chagrin, et, debout derrière son mari, elle poussait de
faibles gémissements en se frottant les yeux avec obstination.

Caravan, la face bouffie, ses maigres cheveux en
désordre, très laid dans sa douleur vraie, se redressa
soudain : — « Mais... êtes-vous sûr, docteur... êtes-vous
bien sûr ?.. » L'officier de santé s'approcha rapidement,
et maniant le cadavre avec une dextérité profession-
nelle, comme un négociant qui ferait valoir sa marchandise : — « Tenez, mon bon, regardez l'œil. » Il releva la
paupière, et le regard de la vieille femme réapparut sous
son doigt, nullement changé, avec la pupille un peu plus
large peut-être. Caravan reçut un coup dans le cœur, et
une épouvante lui traversa les os. M. Chenet prit le bras
crispé, força les doigts pour les ouvrir, et, l'air furieux
comme en face d'un contradicteur : — « Mais regardez-
moi cette main, je ne m'y trompe jamais, soyez tranquille. »

Caravan retomba vautré sur le lit, beuglant presque ;
tandis que sa femme, pleurnichant toujours, faisait les
choses nécessaires. Elle approcha la table de nuit sur
laquelle elle étendit une serviette, posa dessus quatre
bougies qu'elle alluma, prit un rameau de buis accroché
derrière la glace de la cheminée et le posa entre les
bougies dans une assiette qu'elle emplit d'eau claire,
n'ayant point d'eau bénite. Mais, après une réflexion

rapide, elle jeta dans cette eau une pincée de sel, s'imaginant sans doute exécuter là une sorte de consécration.

Lorsqu'elle eut terminé la figuration qui doit accompagner la Mort, elle resta debout, immobile. Alors l'officier de santé, qui l'avait aidée à disposer les objets, lui dit tout bas : — « Il faut emmener Caravan. » Elle fit un signe d'assentiment, et s'approchant de son mari qui sanglotait, toujours à genoux, elle le souleva par un bras, pendant que M. Chenet le prenait par l'autre.

On l'assit d'abord sur une chaise, et sa femme, le baisant au front, le sermonna. L'officier de santé appuyait ses raisonnements, conseillant la fermeté, le courage, la résignation, tout ce qu'on ne peut garder dans ces malheurs foudroyants. Puis tous deux le prirent de nouveau sous les bras et l'emmenèrent.

Il larmoyait comme un gros enfant, avec des hoquets convulsifs, avachi, les bras pendants, les jambes molles ; et il descendit l'escalier sans savoir ce qu'il faisait, remuant les pieds machinalement.

On le déposa dans le fauteuil qu'il occupait toujours à table, devant son assiette presque vide où sa cuiller encore trempait dans un reste de soupe. Et il resta là, sans un mouvement, l'œil fixé sur son verre, tellement hébété qu'il demeurait même sans pensée.

M^{me} Caravan, dans un coin, causait avec le docteur, s'informait des formalités, demandait tous les renseignements pratiques. A la fin, M. Chenet, qui paraissait attendre quelque chose, prit son chapeau et, déclarant qu'il n'avait pas dîné, fit un salut pour partir. Elle s'écria :

— Comment, vous n'avez pas dîné ? Mais restez, docteur, restez donc ! On va vous servir ce que nous avons ; car vous comprenez que nous, nous ne mangerons pas grand'chose.

Il refusa, s'excusant ; elle insistait :

— Comment donc, mais restez. Dans des moments

pareils, on est heureux d'avoir des amis près de soi ; et puis, vous déciderez peut-être mon mari à se réconforter un peu : il a tant besoin de prendre des forces.

Le docteur s'inclina, et, déposant son chapeau sur un meuble : — « En ce cas, j'accepte, madame. »

Elle donna des ordres à Rosalie affolée, puis elle-même se mit à table, « pour faire semblant de manger, disait-elle, et tenir compagnie au *docteur* ».

On reprit du potage froid. M. Chenet en redemanda. Puis apparut un plat de gras-double lyonnaise qui répandit un parfum d'oignon ; et dont M$^{me}$ Caravan se décida à goûter. — « Il est excellent », dit le docteur. Elle sourit : — « N'est-ce pas ? » Puis se tournant vers son mari : — « Prends-en donc un peu, mon pauvre Alfred, seulement pour te mettre quelque chose dans l'estomac, songe que tu vas passer la nuit ! »

Il tendit son assiette docilement, comme il aurait été se mettre au lit si on le lui eût commandé, obéissant à tout sans résistance et sans réflexion. Et il mangea.

Le docteur, se servant lui-même, puisa trois fois dans le plat, tandis que M$^{me}$ Caravan, de temps en temps, piquait un gros morceau au bout de sa fourchette et l'avalait avec une sorte d'inattention étudiée.

Quand parut un saladier plein de macaroni, le docteur murmura : — « Bigre ! voilà une bonne chose. » Et M$^{me}$ Caravan, cette fois, servit tout le monde. Elle remplit même les soucoupes où barbotaient les enfants, qui, laissés libres, buvaient du vin pur et s'attaquaient déjà, sous la table, à coups de pied.

M. Chenet rappela l'amour de Rossini pour ce mets italien ; puis tout à coup : — « Tiens ! mais ça rime ; on pourrait commencer une pièce de vers.

*Le maëstro Rossini*
*Aimait le macaroni...* »

On ne l'écoutait point. M$^{me}$ Caravan, devenue soudain réfléchie, songeait à toutes les conséquences probables

de l'événement ; tandis que son mari roulait des bou-
lettes de pain qu'il déposait ensuite sur la nappe, et qu'il
regardait fixement d'un air idiot. Comme une soif
ardente lui dévorait la gorge, il portait sans cesse à sa
bouche son verre tout rempli de vin ; et sa raison,
culbutée déjà par la secousse et le chagrin, devenait
flottante, lui paraissait danser dans l'étourdissement
subit de la digestion commencée et pénible.

Le docteur, du reste, buvait comme un trou, se grisait
visiblement ; et M^me^ Caravan elle-même, subissant la
réaction qui suit tout ébranlement nerveux, s'agitait,
troublée aussi, bien qu'elle ne prît que de l'eau, et se
sentait la tête un peu brouillée.

M. Chenet s'était mis à raconter des histoires de décès
qui lui paraissaient drôles. Car dans cette banlieue
parisienne, remplie d'une population de province, on
retrouve cette indifférence du paysan pour le mort, fût-il
son père ou sa mère, cet irrespect, cette férocité incons-
ciente si communs dans les campagnes, et si rares à
Paris [1]. Il disait : — « Tenez, la semaine dernière, rue de
Puteaux, on m'appelle, j'accours ; je trouve le malade
trépassé, et, auprès du lit, la famille qui finissait
tranquillement une bouteille d'anisette achetée la veille
pour satisfaire un caprice du moribond. »

Mais M^me^ Caravan n'écoutait pas, songeant toujours à
l'héritage ; et Caravan, le cerveau vidé, ne comprenait
rien.

On servit le café, qu'on avait fait très fort pour se
soutenir le moral. Chaque tasse, arrosée de cognac, fit
monter aux joues une rougeur subite, mêla les dernières
idées de ces esprits vacillants déjà.

Puis le *docteur*, s'emparant soudain de la bouteille
d'eau-de-vie, versa la *rincette* [2] à tout le monde. Et, sans
parler, engourdis dans la chaleur douce de la digestion,
saisis malgré eux par ce bien-être animal que donne
l'alcool après dîner, ils se gargarisaient lentement avec
le cognac sucré qui formait un sirop jaunâtre au fond
des tasses.

Les enfants s'étaient endormis et Rosalie les coucha.

Alors Caravan, obéissant machinalement au besoin de s'étourdir qui pousse tous les malheureux, reprit plusieurs fois de l'eau-de-vie ; et son œil hébété luisait.

Le *docteur* enfin se leva pour partir ; et s'emparant du bras de son ami :

— Allons, venez avec moi, dit-il ; un peu d'air vous fera du bien ; quand on a des ennuis, il ne faut pas s'immobiliser.

L'autre obéit docilement, mit son chapeau, prit sa canne, sortit ; et tous deux, se tenant par le bras, descendirent vers la Seine sous les claires étoiles.

Des souffles embaumés flottaient dans la nuit chaude [1] car tous les jardins des environs étaient à cette saison pleins de fleurs, dont les parfums, endormis pendant le jour, semblaient s'éveiller à l'approche du soir et s'exhalaient, mêlés aux brises légères qui passaient dans l'ombre.

L'avenue large était déserte et silencieuse avec ses deux rangs de becs de gaz allongés jusqu'à l'Arc de Triomphe. Mais là-bas Paris bruissait dans une buée rouge. C'était une sorte de roulement continu auquel paraissait répondre parfois au loin, dans la plaine, le sifflet d'un train accourant à toute vapeur, ou bien fuyant, à travers la province, vers l'Océan.

L'air du dehors, frappant les deux hommes au visage, les surprit d'abord, ébranla l'équilibre du docteur, et accentua chez Caravan les vertiges qui l'envahissaient depuis le dîner. Il allait comme dans un songe, l'esprit engourdi, paralysé, sans chagrin vibrant, saisi par une sorte d'engourdissement moral qui l'empêchait de souffrir, éprouvant même un allégement qu'augmentaient les exhalaisons tièdes épandues dans la nuit.

Quand ils furent au pont, ils tournèrent à droite, et la rivière leur jeta à la face un souffle frais. Elle coulait, mélancolique et tranquille, devant un rideau de hauts peupliers ; et des étoiles semblaient nager sur l'eau, remuées par le courant. Une brume fine et blanchâtre qui flottait sur la berge de l'autre côté apportait aux poumons une senteur humide[1], et Caravan s'arrêta brusquement, frappé par cette odeur de fleuve qui remuait dans son cœur des souvenirs très vieux.

Et il revit soudain sa mère, autrefois, dans son enfance à lui, courbée à genoux devant leur porte, là-bas, en Picardie, et lavant au mince cours d'eau qui traversait le jardin le linge en tas à côté d'elle. Il entendait son battoir dans le silence tranquille de la campagne, sa voix qui criait : — « Alfred, apporte-moi du savon. » Et il sentait cette même odeur d'eau qui coule, cette même brume envolée des terres ruisselantes, cette buée marécageuse dont la saveur était restée en lui, inoubliable, et qu'il retrouvait justement ce soir-là même où sa mère venait de mourir.

Il s'arrêta, raidi dans une reprise de désespoir fougueux. Ce fut comme un éclat de lumière illuminant d'un seul coup toute l'étendue de son malheur ; et la rencontre de ce souffle errant le jeta dans l'abîme noir des douleurs irrémédiables. Il sentit son cœur déchiré par cette séparation sans fin. Sa vie était coupée au milieu ; et sa jeunesse entière disparaissait engloutie dans cette mort. Tout l'*autrefois* était fini ; tous les souvenirs d'adolescence s'évanouissaient ; personne ne pourrait plus lui parler des choses anciennes, des gens qu'il avait connus jadis, de son pays, de lui-même, de l'intimité de sa vie passée ; c'était une partie de son être qui avait fini d'exister ; à l'autre de mourir maintenant.

Et le défilé des évocations commença. Il revoyait « la maman » plus jeune, vêtue de robes usées sur elle, portées si longtemps qu'elles semblaient inséparables de sa personne ; il la retrouvait dans mille circonstances oubliées : avec des physionomies effacées, ses gestes, ses intonations, ses habitudes, ses manies, ses colères, les plis de sa figure, les mouvements de ses doigts maigres, toutes ses attitudes familières qu'elle n'aurait plus.

Et, se cramponnant au docteur, il poussa des gémissements. Ses jambes flasques tremblaient ; toute sa grosse

personne était secouée par les sanglots, et il balbutiait :
— « Ma mère, ma pauvre mère, ma pauvre mère !... »

Mais son compagnon, toujours ivre, et qui rêvait de finir la soirée en des lieux qu'il fréquentait secrètement, impatienté par cette crise aiguë de chagrin, le fit asseoir sur l'herbe de la rive, et presque aussitôt le quitta sous prétexte de voir un malade.

Caravan pleura longtemps ; puis, quand il fut à bout de larmes, il éprouva de nouveau un soulagement, un repos, une tranquillité subite.

La lune s'était levée ; elle baignait l'horizon de sa lumière placide. Les grands peupliers se dressaient avec des reflets d'argent, et le brouillard, sur la plaine, semblait de la neige flottante ; le fleuve, où ne nageaient plus les étoiles, mais qui paraissait couvert de nacre, coulait toujours, ridé par des frissons brillants. L'air était doux, la brise odorante [1]. Une mollesse passait dans le sommeil de la terre, et Caravan buvait cette douceur de la nuit ; il respirait longuement, croyait sentir pénétrer jusqu'à l'extrémité de ses membres une fraîcheur, un calme, une consolation surhumaine.

Il résistait toutefois à ce bien-être envahissant, se répétait : — « Ma mère, ma pauvre mère », s'excitant à pleurer par une sorte de conscience d'honnête homme, mais il ne le pouvait plus ; et aucune tristesse même ne l'étreignait aux pensées qui, tout à l'heure encore, l'avaient fait si fort sangloter.

Alors il se leva pour rentrer, revenant à petits pas, enveloppé dans la calme indifférence de la nature sereine, et le cœur apaisé malgré lui.

Quand il atteignit le pont, il aperçut le fanal du dernier tramway prêt à partir et, par derrière, les fenêtres éclairées du café du Globe.

Alors un besoin lui vint de raconter la catastrophe à quelqu'un, d'exciter la commisération, de se rendre intéressant. Il prit une physionomie lamentable, poussa la porte de l'établissement, et s'avança vers le comptoir où le patron trônait toujours. Il comptait sur un effet,

tout le monde allait se lever, venir à lui, la main
tendue : — « Tiens, qu'avez-vous ? » Mais personne
ne remarqua la désolation de son visage. Alors il
s'accouda sur le comptoir et, serrant son front dans
ses mains, il murmura : « Mon Dieu, mon Dieu ! »

Le patron le considéra : — « Vous êtes malade,
monsieur Caravan ? » — Il répondit : — « Non, mon
pauvre ami ; mais ma mère vient de mourir. » L'autre lâcha un « Ah ! » distrait ; et comme un consommateur au fond de l'établissement criait : — « Un
bock, s'il vous plaît ! » il répondit aussitôt d'une
voix terrible : — « Voilà, boum !... on y va », et
s'élança pour servir, laissant Caravan stupéfait.

Sur la même table qu'avant dîner, absorbés et
immobiles, les trois amateurs de dominos jouaient
encore. Caravan s'approcha d'eux, en quête de commisération. Comme aucun ne paraissait le voir, il se
décida à parler : — « Depuis tantôt, leur dit-il, il
m'est arrivé un grand malheur. »

Ils levèrent un peu la tête tous les trois en même
temps, mais en gardant l'œil fixe sur le jeu qu'ils
tenaient en main. — « Tiens, quoi donc ? » — « Ma
mère vient de mourir. » Un d'eux murmura : « Ah !
diable » avec cet air faussement navré que prennent
les indifférents. Un autre, ne trouvant rien à dire,
fit entendre, en hochant le front, une sorte de sifflement triste. Le troisième se remit au jeu comme s'il
eût pensé : — « Ce n'est que ça. »

Caravan attendait un de ces mots qu'on dit
« venus du cœur ». Se voyant ainsi reçu, il s'éloigna, indigné de leur placidité devant la douleur
d'un ami, bien que cette douleur, en ce moment
même, fût tellement engourdie qu'il ne la sentait
plus guère.

Et il sortit.

Sa femme l'attendait en chemise de nuit, assise
sur une chaise basse auprès de la fenêtre ouverte,
et pensant toujours à l'héritage.

— Déshabille-toi, dit-elle : nous allons causer quand nous serons au lit.

Il leva la tête, et, montrant le plafond de l'œil : — « Mais... là-haut... il n'y a personne. » — « Pardon, Rosalie est auprès d'elle, tu iras la remplacer à trois heures du matin, quand tu auras fait un somme. »

Il resta néanmoins en caleçon afin d'être prêt à tout événement, noua un foulard autour de son crâne, puis rejoignit sa femme qui venait de se glisser dans les draps.

Ils demeurèrent quelque temps assis côte à côte. Elle songeait.

Sa coiffure, même à cette heure, était agrémentée d'un nœud rose et penchée un peu sur une oreille, comme par suite d'une invincible habitude de tous les bonnets qu'elle portait.

Soudain, tournant la tête vers lui : — « Sais-tu si ta mère a fait un testament ? » dit-elle. Il hésita : — « Je... je... ne crois pas... Non, sans doute, elle n'en a pas fait. » M^me Caravan regarda son mari dans les yeux, et, d'une voix basse et rageuse : — « C'est une indignité, vois-tu ; car enfin voilà dix ans que nous nous décarcassons à la soigner, que nous la logeons, que nous la nourrissons ! Ce n'est pas ta sœur qui en aurait fait autant pour elle, ni moi non plus si j'avais su comment j'en serais récompensée ! Oui, c'est une honte pour sa mémoire ! Tu me diras qu'elle payait pension : c'est vrai ; mais les soins de ses enfants ce n'est pas avec de l'argent qu'on les paie : on les reconnaît par testament après la mort. Voilà comment se conduisent les gens honorables. Alors, moi j'en ai été pour ma peine et pour mes tracas ! Ah ! c'est du propre ! c'est du propre ! »

Caravan, éperdu, répétait : — « Ma chérie, ma chérie, je t'en prie, je t'en supplie. »

A la longue, elle se calma, et revenant au ton de chaque jour, elle reprit : — « Demain matin, il faudra prévenir ta sœur. »

Il eut un sursaut : « C'est vrai, je n'y avais pas pensé ;

dès le jour j'enverrai une dépêche. » Mais elle l'arrêta,
en femme qui a tout prévu. « Non, envoie-la seulement
de dix à onze, afin que nous ayons le temps de nous
retourner avant son arrivée. De Charenton ici elle en a
pour deux heures au plus. Nous dirons que tu as perdu la
tête. En prévenant dans la matinée, on ne se mettra pas
dans la commise[1] ! »

Mais Caravan se frappa le front, et avec l'intonation
timide qu'il prenait toujours en parlant de son chef dont
la pensée même le faisait trembler : — « Il faut aussi
prévenir au ministère », dit-il. Elle répondit : — « Pourquoi prévenir ? Dans des occasions comme ça, on est
toujours excusable d'avoir oublié. Ne préviens pas,
crois-moi ; ton chef ne pourra rien dire et tu le mettras
dans un rude embarras. » — « Oh ! ça, oui, dit-il, et dans
une fameuse colère quand il ne me verra point venir.
Oui, tu as raison, c'est une riche idée. Quand je lui
annoncerai que ma mère est morte, il sera bien forcé de
se taire. »

Et l'employé, ravi de la farce, se frottait les mains en
songeant à la tête de son chef, tandis qu'au-dessus de lui
le corps de la vieille gisait à côté de la bonne endormie.

M<sup>me</sup> Caravan devenait soucieuse, comme obsédée par
une préoccupation difficile à dire. Enfin elle se décida :
— « Ta mère t'avait bien donné sa pendule, n'est-ce pas,
la jeune fille au bilboquet[2] ? » Il chercha dans sa
mémoire et répondit : — « Oui, oui ; elle m'a dit (mais il
y a longtemps de cela, c'est quand elle est venue ici), elle
m'a dit : Ce sera pour toi, la pendule, si tu prends bien
soin de moi. »

M<sup>me</sup> Caravan tranquillisée se rasséréna : — « Alors,
vois-tu, il faut aller la chercher, parce que, si nous
laissons venir ta sœur, elle nous empêchera de la
prendre. » Il hésitait : — « Tu crois ?... » Elle se fâcha :
— « Certainement que je le crois ; une fois ici, ni vu ni
connu : c'est à nous. C'est comme pour la commode de
sa chambre, celle qui a un marbre : elle me l'a donnée, à
moi, un jour qu'elle était de bonne humeur. Nous la

descendrons en même temps. » Caravan semblait incré-
dule. — « Mais, ma chère, c'est une grande responsabi-
lité ! » Elle se tourna vers lui, furieuse : « Ah ! vraiment !
Tu ne changeras donc jamais ? Tu laisserais tes enfants
mourir de faim, toi, plutôt que de faire un mouvement.
Du moment qu'elle me l'a donnée, cette commode, c'est
à nous, n'est-ce pas ? Et si ta sœur n'est pas contente, elle
me le dira, à moi ! Je m'en moque bien de ta sœur.
Allons, lève-toi, que nous apportions tout de suite ce que
ta mère nous a donné. »

Tremblant et vaincu, il sortit du lit, et, comme il
passait sa culotte, elle l'en empêcha : — « Ce n'est pas la
peine de t'habiller, va, garde ton caleçon, ça suffit ; j'irai
bien comme ça, moi. »

Et tous deux, en toilette de nuit, partirent, montèrent
l'escalier sans bruit, ouvrirent la porte avec précaution
et entrèrent dans la chambre où les quatre bougies
allumées autour de l'assiette au buis bénit semblaient
seules garder la vieille en son repos rigide ; car Rosalie,
étendue dans son fauteuil, les jambes allongées, les
mains croisées sur sa jupe, la tête tombée de côté,
immobile aussi et la bouche ouverte, dormait en ron-
flant un peu.

Caravan prit la pendule. C'était un de ces objets
grotesques comme en produisit beaucoup l'art impérial.
Une jeune fille en bronze doré, la tête ornée de fleurs
diverses, tenait à la main un bilboquet dont la boule
servait de balancier. — « Donne-moi ça, lui dit sa
femme, et prends le marbre de la commode. »

Il obéit en soufflant et il percha le marbre sur son
épaule avec un effort considérable.

Alors le couple partit, Caravan se baissa sous la porte,
se mit à descendre en tremblant l'escalier, tandis que sa
femme, marchant à reculons, l'éclairait d'une main,
ayant la pendule sous l'autre bras.

Lorsqu'ils furent chez eux, elle poussa un grand
soupir. — « Le plus gros est fait, dit-elle ; allons chercher
le reste. »

Mais les tiroirs du meuble étaient tout pleins des hardes de la vieille. Il fallait bien cacher cela quelque part.

M^me Caravan eut une idée : — « Va donc prendre le coffre à bois en sapin qui est dans le vestibule ; il ne vaut pas quarante sous, on peut bien le mettre ici. » Et quand le coffre fut arrivé, on commença le transport.

Ils enlevaient, l'un après l'autre, les manchettes, les collerettes, les chemises, les bonnets, toutes les pauvres nippes de la bonne femme étendue là, derrière eux, et les disposaient méthodiquement dans le coffre à bois de façon à tromper M^me Braux, l'autre enfant de la défunte, qui viendrait le lendemain.

Quand ce fut fini, on descendit d'abord les tiroirs, puis le corps du meuble en le tenant chacun par un bout ; et tous deux cherchèrent pendant longtemps à quel endroit il ferait le mieux. On se décida pour la chambre, en face du lit, entre les deux fenêtres.

Une fois la commode en place, M^me Caravan l'emplit de son propre linge. La pendule occupa la cheminée de la salle ; et le couple considéra l'effet obtenu. Ils en furent aussitôt enchantés : — « Ça fait très bien », dit-elle. Il répondit : — « Oui, très bien. » Alors ils se couchèrent. Elle souffla la bougie ; et tout le monde bientôt dormit aux deux étages de la maison.

Il était déjà grand jour lorsque Caravan rouvrit les yeux. Il avait l'esprit confus à son réveil, et il ne se rappela l'événement qu'au bout de quelques minutes. Ce souvenir lui donna un grand coup dans la poitrine ; et il sauta du lit, très ému de nouveau, prêt à pleurer.

Il monta bien vite à la chambre au-dessus, où Rosalie dormait encore, dans la même posture que la veille, n'ayant fait qu'un somme de toute la nuit. Il la renvoya à son ouvrage, remplaça les bougies consumées, puis il considéra sa mère en roulant dans son cerveau ces apparences de pensées profondes, ces banalités religieuses et philosophiques qui hantent les intelligences moyennes en face de la mort.

Mais comme sa femme l'appelait, il descendit. Elle avait dressé une liste des choses à faire dans la matinée, et elle lui remit cette nomenclature dont il fut épouvanté.

Il lut : 1° Faire la déclaration à la mairie ;

2° Demander le médecin des morts ;

3° Commander le cercueil ;

4° Passer à l'église ;

5° Aux pompes funèbres ;

6° A l'imprimerie pour les lettres ;

7° Chez le notaire ;

8° Au télégraphe pour avertir la famille.

Plus une multitude de petites commissions. Alors il prit son chapeau et s'éloigna.

Or, la nouvelle s'étant répandue, les voisines commençaient à arriver et demandaient à voir la morte.

Chez le coiffeur, au rez-de-chaussée, une scène avait même eu lieu à ce sujet entre la femme et le mari pendant qu'il rasait un client.

La femme, tout en tricotant un bas, murmura : — « Encore une de moins, et une avare, celle-là, comme il n'y en avait pas beaucoup. Je ne l'aimais guère, c'est vrai ; il faudra tout de même que j'aille la voir. »

Le mari grogna, tout en savonnant le menton du patient : — « En voilà, des fantaisies ! Il n'y a que les femmes pour ça. Ce n'est pas assez de vous embêter pendant la vie, elles ne peuvent seulement pas vous laisser tranquille après la mort. » — Mais son épouse, sans se déconcerter, reprit : — « C'est plus fort que moi ; faut que j'y aille. Ça me tient depuis ce matin. Si je ne la voyais pas, il me semble que j'y penserais toute ma vie. Mais quand je l'aurai bien regardée pour prendre sa figure, je serai satisfaite après. »

L'homme au rasoir haussa les épaules et confia au monsieur dont il grattait la joue : — « Je vous demande un peu quelles idées ça vous a, ces sacrées femelles ! Ce n'est pas moi qui m'amuserais à voir un mort ! » — Mais sa femme l'avait entendu, et elle répondit sans se

troubler : — « C'est comme ça, c'est comme ça. » —
Puis, posant son tricot sur le comptoir, elle monta au
premier étage.

Deux voisines étaient déjà venues et causaient de
l'accident avec M^{me} Caravan, qui racontait les détails.

On se dirigea vers la chambre mortuaire. Les quatre
femmes entrèrent à pas de loup, aspergèrent le drap
l'une après l'autre avec l'eau salée, s'agenouillèrent,
firent le signe de la croix en marmottant une prière,
puis, s'étant relevées, les yeux agrandis, la bouche
entrouverte, considérèrent longuement le cadavre, pendant que la belle-fille de la morte, un mouchoir sur la
figure, simulait un hoquet désespéré.

Quand elle se retourna pour sortir, elle aperçut,
debout près de la porte, Marie-Louise et Philippe-
Auguste, tous deux en chemise, qui regardaient curieu-
sement. Alors, oubliant son chagrin de commande, elle
se précipita sur eux, la main levée, en criant d'une voix
rageuse : — « Voulez-vous bien filer, bougres de polissons ! »

Étant remontée dix minutes plus tard avec une four-
née d'autres voisines, après avoir de nouveau secoué le
buis sur sa belle-mère, prié, larmoyé, accompli tous ses
devoirs, elle retrouva ses deux enfants revenus ensemble
derrière elle. Elle les talocha encore par conscience ;
mais, la fois suivante, elle n'y prit plus garde ; et, à
chaque retour de visiteurs, les deux mioches suivaient
toujours, s'agenouillant aussi dans un coin et répétant
invariablement tout ce qu'ils voyaient faire à leur mère.

Au commencement de l'après-midi, la foule des
curieuses diminua. Bientôt il ne vint plus personne.
M^{me} Caravan, rentrée chez elle, s'occupait à tout préparer pour la cérémonie funèbre ; et la morte resta solitaire.

La fenêtre de la chambre était ouverte. Une chaleur
torride entrait avec des bouffées de poussière ; les
flammes des quatre bougies s'agitaient auprès du corps
immobile ; et sur le drap, sur la face aux yeux fermés,

sur les deux mains allongées, des petites mouches
grimpaient, allaient, venaient, se promenaient sans
cesse, visitaient la vieille, attendant leur heure pro-
chaine.

Mais Marie-Louise et Philippe-Auguste étaient repartis vagabonder dans l'avenue. Ils furent bientôt entourés
de camarades, de petites filles surtout, plus éveillées,
flairant plus vite tous les mystères de la vie. Et elles
interrogeaient comme les grandes personnes. — « Ta
grand-maman est morte ? » — « Oui, hier au soir. » —
« Comment c'est, un mort ? » — Et Marie-Louise expli-
quait, racontait les bougies, le buis, la figure. Alors une
grande curiosité s'éveilla chez tous les enfants ; et ils
demandèrent aussi à monter chez la trépassée.

Aussitôt, Marie-Louise organisa un premier voyage,
cinq filles et deux garçons : les plus grands, les plus
hardis. Elle les força à retirer leurs souliers pour ne
point être découverts ; la troupe se faufila dans la
maison et monta lestement comme une armée de souris.

Une fois dans la chambre, la fillette, imitant sa mère,
régla le cérémonial. Elle guida solennellement ses camarades, s'agenouilla, fit le signe de la croix, remua les
lèvres, se releva, aspergea le lit, et pendant que les
enfants, en un tas serré, s'approchaient effrayés, curieux
et ravis, pour contempler le visage et les mains, elle se
mit soudain à simuler des sanglots en se cachant les
yeux dans son petit mouchoir. Puis, consolée brusquement en songeant à ceux qui attendaient devant la
porte, elle entraîna, en courant, tout son monde pour
ramener bientôt un autre groupe, puis un troisième, car
tous les galopins du pays, jusqu'aux petits mendiants en
loques, accouraient à ce plaisir nouveau ; et elle recommençait chaque fois les simagrées maternelles avec une
perfection absolue.

A la longue, elle se fatigua. Un autre jeu entraîna les
enfants au loin ; et la vieille grand-mère demeura seule,
oubliée tout à fait, par tout le monde.

L'ombre emplit la chambre, et sur sa figure sèche et

ridée la flamme remuante des lumières faisait danser des clartés.

Vers huit heures, Caravan monta, ferma la fenêtre et renouvela les bougies. Il entrait maintenant d'une façon tranquille, accoutumé déjà à considérer le cadavre comme s'il était là depuis des mois. Il constata même qu'aucune décomposition n'apparaissait encore, et il en fit la remarque à sa femme au moment où ils se mettaient à table pour dîner. Elle répondit : — « Tiens, elle est en bois ; elle se conserverait un an. »

On mangea le potage sans prononcer une parole. Les enfants laissés libres tout le jour, exténués de fatigue, sommeillaient sur leurs chaises et tout le monde restait silencieux.

Soudain la clarté de la lampe baissa.

M^{me} Caravan aussitôt remonta la clef ; mais l'appareil rendit un son creux, un bruit de gorge prolongé, et la lumière s'éteignit. On avait oublié d'acheter de l'huile ! Aller chez l'épicier retarderait le dîner, on chercha des bougies ; mais il n'y en avait plus d'autres que celles allumées en haut sur la table de nuit.

M^{me} Caravan, prompte en ses décisions, envoya bien vite Marie-Louise en prendre deux ; et l'on attendait dans l'obscurité.

On entendait distinctement les pas de la fillette qui montait l'escalier. Il y eut ensuite un silence de quelques secondes ; puis l'enfant redescendit précipitamment. Elle ouvrit la porte, effarée, plus émue encore que la veille en annonçant la catastrophe, et elle murmura, suffoquant : — « Oh ! papa, grand-maman s'habille ! »

Caravan se dressa avec un tel sursaut que sa chaise alla rouler contre le mur. Il balbutia : — « Tu dis ?... Qu'est-ce que tu dis là ?... »

Mais Marie-Louise, étranglée par l'émotion, répéta : — « Grand-... grand-... grand-maman s'habille... elle va descendre. »

Il s'élança dans l'escalier follement, suivi de sa femme abasourdie ; mais devant la porte du second il s'arrêta, secoué par l'épouvante, n'osant pas entrer. Qu'allait-il voir ? — M^me Caravan, plus hardie, tourna la serrure et pénétra dans la chambre.

La pièce semblait devenue plus sombre ; et, au milieu, une grande forme maigre remuait. Elle était debout, la vieille ; et en s'éveillant du sommeil léthargique, avant même que la connaissance lui fût en plein revenue, se tournant de côté et se soulevant sur un coude, elle avait soufflé trois des bougies qui brûlaient près du lit mortuaire. Puis, reprenant des forces, elle s'était levée pour chercher ses hardes. Sa commode partie l'avait troublée d'abord, mais peu à peu elle avait retrouvé ses affaires tout au fond du coffre à bois et s'était tranquillement habillée. Ayant ensuite vidé l'assiette remplie d'eau, replacé le buis derrière la glace et remis les chaises à leur place, elle était prête à descendre, quand apparurent devant elle son fils et sa belle-fille.

Caravan se précipita, lui saisit les mains, l'embrassa, les larmes aux yeux ; tandis que sa femme, derrière lui, répétait d'un air hypocrite : — « Quel bonheur, oh ! quel bonheur ! »

Mais la vieille, sans s'attendrir, sans même avoir l'air de comprendre, raide comme une statue, et l'œil glacé, demanda seulement : — « Le dîner est-il bientôt prêt ? » — Il balbutia, perdant la tête : — « Mais oui, maman, nous t'attendions. » — Et avec un empressement inaccoutumé, il prit son bras, pendant que M^me Caravan la jeune saisissait la bougie, les éclairait, descendant l'escalier devant eux, à reculons et marche à marche, comme elle avait fait, la nuit même, devant son mari qui portait le marbre.

En arrivant au premier étage, elle faillit se heurter contre des gens qui montaient. C'était la famille de Charenton, M^me Braux suivie de son époux.

La femme, grande, grosse, avec un ventre d'hydropique qui rejetait le torse en arrière, ouvrait des yeux effarés, prête à fuir. Le mari, un cordonnier socialiste, petit homme poilu jusqu'au nez, tout pareil à un singe, murmura sans s'émouvoir : — « Eh bien, quoi ? Elle ressuscite ! »

Aussitôt que M^{me} Caravan les eut reconnus, elle leur fit des signes désespérés ; puis, tout haut : — « Tiens ! comment !... vous voilà ! Quelle bonne surprise ! »

Mais M^{me} Braux, abasourdie, ne comprenait pas ; elle répondit à demi-voix : — « C'est votre dépêche qui nous a fait venir ; nous croyions que c'était fini. »

Son mari, derrière elle, la pinçait pour la faire taire. Il ajouta avec un rire malin caché dans sa barbe épaisse : — « C'est bien aimable à vous de nous avoir invités. Nous sommes venus tout de suite », — faisant allusion ainsi à l'hostilité qui régnait depuis longtemps entre les deux ménages. Puis, comme la vieille arrivait aux dernières marches, il s'avança vivement et frotta contre ses joues le poil qui lui couvrait la face, et criant dans son oreille à cause de sa surdité : — « Ça va bien, la mère, toujours solide, hein ? »

M^{me} Braux, dans sa stupeur de voir bien vivante celle qu'elle s'attendait à retrouver morte, n'osait pas même l'embrasser ; et son ventre énorme encombrait tout le palier, empêchant les autres d'avancer.

La vieille, inquiète et soupçonneuse, mais sans parler jamais, regardait tout ce monde autour d'elle ; et son petit œil gris, scrutateur et dur, se fixait tantôt sur l'un, tantôt sur l'autre, plein de pensées visibles qui gênaient ses enfants.

Caravan dit, pour expliquer : — « Elle a été un peu souffrante, mais elle va bien maintenant, tout à fait bien, n'est-ce pas, mère ? »

Alors la bonne femme, se remettant en marche, répondit de sa voix cassée, comme lointaine : — « C'est une syncope ; je vous entendais tout le temps. »

Un silence embarrassé suivit. On pénétra dans la

salle; puis on s'assit devant un dîner improvisé en quelques minutes.

Seul, M. Braux avait gardé son aplomb. Sa figure de gorille méchant grimaçait; et il lâchait des mots à double sens qui gênaient visiblement tout le monde.

Mais à chaque instant le timbre du vestibule sonnait; et Rosalie éperdue venait chercher Caravan qui s'élançait en jetant sa serviette. Son beau-frère lui demanda même si c'était son jour de réception. Il balbutia : — « Non, des commissions, rien du tout. »

Puis, comme on apportait un paquet, il l'ouvrit étourdiment, et des lettres de faire part, encadrées de noir, apparurent. Alors, rougissant jusqu'aux yeux, il referma l'enveloppe et l'engloutit dans son gilet.

Sa mère ne l'avait pas vu; elle regardait obstinément sa pendule dont le bilboquet doré se balançait sur la cheminée. Et l'embarras grandissait au milieu d'un silence glacial.

Alors la vieille, tournant vers sa fille sa face ridée de sorcière, eut dans les yeux un frisson de malice et prononça : — « Lundi, tu m'amèneras ta petite, je veux la voir. » — M^{me} Braux, la figure illuminée, cria : — « Oui, maman », — tandis que M^{me} Caravan la jeune, devenue pâle, défaillait d'angoisse.

Cependant, les deux hommes, peu à peu, se mirent à causer; et ils entamèrent, à propos de rien, une discussion politique, Braux, soutenant les doctrines révolutionnaires et communistes, se démenait, les yeux allumés dans son visage poilu, criant : « — La propriété, monsieur, c'est un vol au travailleur; — la terre appartient à tout le monde; — l'héritage est une infamie et une honte [1]!... » — Mais il s'arrêta brusquement, confus comme un homme qui vient de dire une sottise; puis, d'un ton plus doux, il ajouta : — « Mais ce n'est pas le moment de discuter ces choses-là. »

La porte s'ouvrit; le *docteur* Chenet parut. Il eut une

seconde d'effarement, puis il reprit contenance, et s'approchant de la vieille femme : — « Ah ! ah ! la maman ! ça va bien aujourd'hui. Oh ! je m'en doutais, voyez-vous : et je me disais à moi-même tout à l'heure, en montant l'escalier : Je parie qu'elle sera debout, l'ancienne. » Et lui tapant doucement dans le dos : — « Elle est solide comme le Pont-Neuf ; elle nous enterrera tous, vous verrez. »

Il s'assit, acceptant le café qu'on lui offrait, et se mêla bientôt à la conversation des deux hommes, approuvant Braux, car il avait été lui-même compromis dans la Commune.

Or, la vieille, se sentant fatiguée, voulut partir. Caravan se précipita. Alors elle le fixa dans les yeux et lui dit : — « Toi, tu vas me remonter tout de suite ma commode et ma pendule. » — Puis, comme il bégayait : — « Oui maman », elle prit le bras de sa fille et disparut avec elle.

Les deux Caravan demeurèrent effarés, muets, effondrés dans un affreux désastre, tandis que Braux se frottait les mains en sirotant son café.

Soudain M^me Caravan, affolée de colère, s'élança sur lui, hurlant : — « Vous êtes un voleur, un gredin, une canaille... Je vous crache à la figure, je vous... je vous... » Elle ne trouvait rien, suffoquant ; mais lui, riait, buvant toujours.

Puis, comme sa femme revenait justement, elle s'élança vers sa belle-sœur ; et toutes deux, l'une énorme avec son ventre menaçant, l'autre épileptique et maigre, la voix changée, la main tremblante, s'envoyèrent à pleine gueule des hottées d'injures.

Chenet et Braux s'interposèrent, et ce dernier, poussant sa moitié par les épaules, la jeta dehors en criant : — « Va donc, bourrique, tu brais trop ! »

Et on les entendit dans la rue qui se chamaillaient en s'éloignant.

M. Chenet prit congé.

Les Caravan restèrent face à face.

Alors l'homme tomba sur une chaise avec une sueur froide aux tempes, et murmura : — « Qu'est-ce que je vais dire à mon chef[1] ? »

# LE PAPA DE SIMON[1]

Midi finissait de sonner. La porte de l'école s'ouvrit, et les gamins se précipitèrent en se bousculant pour sortir plus vite. Mais au lieu de se disperser rapidement et de rentrer dîner[2], comme ils le faisaient chaque jour, ils s'arrêtèrent à quelques pas, se réunirent par groupes et se mirent à chuchoter.

C'est que ce matin-là, Simon, le fils de la Blanchotte, était venu à la classe pour la première fois.

Tous avaient entendu parler de la Blanchotte dans leurs familles ; et quoiqu'on lui fît bon accueil en public, les mères la traitaient entre elles avec une sorte de compassion un peu méprisante qui avait gagné les enfants sans qu'ils sussent du tout pourquoi.

Quant à Simon, ils ne le connaissaient pas, car il ne sortait jamais, et il ne galopinait[3] point avec eux dans les rues du village ou sur les bords de la rivière. Aussi ne l'aimaient-ils guère ; et c'était avec une certaine joie, mêlée d'un étonnement considérable, qu'ils avaient accueilli et qu'ils s'étaient répété l'un à l'autre cette parole dite par un gars de quatorze ou quinze ans qui paraissait en savoir long tant il clignait finement des yeux :

— Vous savez... Simon... eh bien, il n'a pas de papa.

Le fils de la Blanchotte parut à son tour sur le seuil de l'école.

Il avait sept ou huit ans. Il était un peu pâlot, très propre, avec l'air timide, presque gauche.

Il s'en retournait chez sa mère quand les groupes de
ses camarades, chuchotant toujours et le regardant avec
les yeux malins et cruels des enfants qui méditent un
mauvais coup, l'entourèrent peu à peu et finirent par
l'enfermer tout à fait. Il restait là, planté au milieu
d'eux, surpris et embarrassé, sans comprendre ce qu'on
allait lui faire. Mais le gars qui avait apporté la nouvelle,
enorgueilli du succès obtenu déjà, lui demanda :

— Comment t'appelles-tu, toi ?

Il répondit : — « Simon. »

— Simon quoi ? reprit l'autre.

L'enfant répéta tout confus : « Simon. »

Le gars lui cria : — « On s'appelle Simon quelque
chose... c'est pas un nom, ça... Simon. »

Et lui, prêt à pleurer, répondit pour la troisième fois :

— Je m'appelle Simon.

Les galopins se mirent à rire. Le gars triomphant
éleva la voix : — « Vous voyez bien qu'il n'a pas de
papa. »

Un grand silence se fit. Les enfants étaient stupéfaits
par cette chose extraordinaire, impossible, mons-
trueuse, — un garçon qui n'a pas de papa ; — ils le
regardaient comme un phénomène, un être hors de la
nature, et ils sentaient grandir en eux ce mépris,
inexpliqué jusque-là, de leurs mères pour la Blanchotte.

Quant à Simon, il s'était appuyé contre un arbre
pour ne pas tomber ; et il restait comme atterré par
un désastre irréparable. Il cherchait à s'expliquer. Mais
il ne pouvait rien trouver pour leur répondre, et démen-
tir cette chose affreuse qu'il n'avait pas de papa.
Enfin, livide, il leur cria à tout hasard : — « Si, j'en ai
un. »

— Où est-il ? demanda le gars.

Simon se tut ; il ne savait pas. Les enfants riaient, très
excités ; et ces fils des champs, plus proches des bêtes,
éprouvaient ce besoin cruel qui pousse les poules d'une
basse-cour à achever l'une d'entre elles aussitôt qu'elle
est blessée. Simon avisa tout à coup un petit voisin, le

fils d'une veuve, qu'il avait toujours vu, comme lui-
même, tout seul avec sa mère.

— Et toi non plus, dit-il, tu n'as pas de papa.

— Si, répondit l'autre, j'en ai un.

— Où est-il ? riposta Simon.

— Il est mort, déclara l'enfant avec une fierté
superbe, il est au cimetière, mon papa.

Un murmure d'approbation courut parmi les garne-
ments, comme si ce fait d'avoir son père mort au
cimetière eût grandi leur camarade pour écraser cet
autre qui n'en avait point du tout. Et ces polissons, dont
les pères étaient, pour la plupart, méchants, ivrognes,
voleurs et durs à leurs femmes, se bousculaient en se
serrant de plus en plus, comme si eux, les légitimes,
eussent voulu étouffer dans une pression celui qui était
hors la loi.

L'un tout à coup, qui se trouvait contre Simon, lui tira
la langue d'un air narquois et lui cria :

— Pas de papa ! pas de papa !

Simon le saisit à deux mains aux cheveux et se mit à
lui cribler les jambes de coups de pied, pendant qu'il lui
mordait la joue cruellement. Il se fit une bousculade
énorme. Les deux combattants furent séparés, et Simon
se trouva frappé, déchiré, meurtri, roulé par terre, au
milieu du cercle des galopins qui applaudissaient.
Comme il se relevait, en nettoyant machinalement avec
sa main sa petite blouse toute sale de poussière, quelqu'un lui cria :

— Va le dire à ton papa.

Alors il sentit dans son cœur un grand écroulement. Ils
étaient plus forts que lui, ils l'avaient battu, et il ne
pouvait point leur répondre, car il sentait bien que
c'était vrai qu'il n'avait pas de papa. Plein d'orgueil, il
essaya pendant quelques secondes de lutter contre les
larmes qui l'étranglaient. Il eut une suffocation, puis,
sans cris, il se mit à pleurer par grands sanglots qui le
secouaient précipitamment.

Alors une joie féroce éclata. chez ses ennemis, et

naturellement, ainsi que les sauvages dans leurs gaietés terribles, ils se prirent par la main et se mirent à danser en rond autour de lui, en répétant comme un refrain : — « Pas de papa ! pas de papa ! »

Mais Simon tout à coup cessa de sangloter. Une rage l'affola. Il y avait des pierres sous ses pieds ; il les ramassa et, de toutes ses forces, les lança contre ses bourreaux. Deux ou trois furent atteints et se sauvèrent en criant ; et il avait l'air tellement formidable qu'une panique eut lieu parmi les autres. Lâches, comme l'est toujours la foule devant un homme exaspéré, ils se débandèrent et s'enfuirent [1].

Resté seul, le petit enfant sans père se mit à courir vers les champs, car un souvenir lui était venu qui avait amené dans son esprit une grande résolution. Il voulait se noyer dans la rivière.

Il se rappelait en effet que, huit jours auparavant, un pauvre diable qui mendiait sa vie s'était jeté dans l'eau parce qu'il n'avait plus d'argent. Simon était là lorsqu'on le repêchait ; et le triste bonhomme qui lui semblait ordinairement lamentable, malpropre et laid, l'avait alors frappé par son air tranquille, avec ses joues pâles, sa longue barbe mouillée et ses yeux ouverts, très calmes. On avait dit alentour : — « Il est mort. » — Quelqu'un avait ajouté : — « Il est bien heureux maintenant. » — Et Simon voulait aussi se noyer, parce qu'il n'avait pas de père, comme ce misérable qui n'avait pas d'argent.

Il arriva tout près de l'eau et la regarda couler. Quelques poissons folâtraient, rapides, dans le courant clair, et, par moments, faisaient un petit bond et happaient des mouches voltigeant à la surface. Il cessa de pleurer pour les voir, car leur manège l'intéressait beaucoup. Mais, parfois, comme dans les accalmies d'une tempête passent tout à coup de grandes rafales de vent qui font craquer les arbres et se perdent à l'horizon, cette pensée lui revenait avec une douleur aiguë : « Je vais me noyer parce que je n'ai point de papa. »

Il faisait très chaud, très bon. Le doux soleil chauffait l'herbe. L'eau brillait comme un miroir. Et Simon avait des minutes de béatitude, de cet alanguissement qui suit les larmes, où il lui venait de grandes envies de s'endormir là, sur l'herbe, dans la chaleur.

Une petite grenouille verte sauta sous ses pieds. Il essaya de la prendre. Elle lui échappa. Il la poursuivit et la manqua trois fois de suite. Enfin il la saisit par l'extrémité de ses pattes de derrière et il se mit à rire en voyant les efforts que faisait la bête pour s'échapper. Elle se ramassait sur ses grandes jambes, puis, d'une détente brusque, les allongeait subitement, raides comme deux barres ; tandis que, l'œil tout rond avec son cercle d'or, elle battait l'air de ses pattes de devant qui s'agitaient comme des mains. Cela lui rappela un joujou fait avec d'étroites planchettes de bois clouées en zigzag les unes sur les autres, qui, par un mouvement semblable, conduisaient l'exercice de petits soldats piqués dessus. Alors, il pensa à sa maison, puis à sa mère, et, pris d'une grande tristesse, il recommença à pleurer. Des frissons lui passaient dans les membres ; il se mit à genoux et récita sa prière comme avant de s'endormir. Mais il ne put l'achever, car des sanglots lui revinrent si pressés, si tumultueux qu'ils l'envahirent tout entier. Il ne pensait plus ; il ne voyait plus rien autour de lui et il n'était occupé qu'à pleurer.

Soudain, une lourde main s'appuya sur son épaule et une grosse voix lui demanda : — « Qu'est-ce qui te fait donc tant de chagrin, mon bonhomme ? »

Simon se retourna. Un grand ouvrier qui avait une barbe et des cheveux noirs tout frisés le regardait d'un air bon. Il répondit avec des larmes plein les yeux et plein la gorge :

— Ils m'ont battu... parce que... je... je... n'ai pas... de papa... pas de papa.

— Comment, dit l'homme en souriant, mais tout le monde en a un.

L'enfant reprit péniblement au milieu des spasmes de son chagrin : — « Moi... moi... je n'en ai pas. »

Alors l'ouvrier devint grave ; il avait reconnu le fils de la Blanchotte, et, quoique nouveau dans le pays, il savait vaguement son histoire.

— Allons, dit-il, console-toi, mon garçon, et viens-t'en avec moi chez ta maman. On t'en donnera... un papa.

Ils se mirent en route, le grand tenant le petit par la main, et l'homme souriait de nouveau, car il n'était pas fâché de voir cette Blanchotte, qui était, contait-on, une des plus belles filles du pays ; et il se disait peut-être, au fond de sa pensée, qu'une jeunesse qui avait failli pouvait bien faillir encore.

Ils arrivèrent devant une petite maison blanche, très propre.

— C'est là, dit l'enfant, et il cria : — « Maman ! »

Une femme se montra, et l'ouvrier cessa brusquement de sourire, car il comprit tout de suite qu'on ne badinait plus avec cette grande fille pâle qui restait sévère sur sa porte, comme pour défendre à un homme le seuil de cette maison où elle avait été déjà trahie par un autre. Intimidé et sa casquette à la main, il balbutia :

— Tenez, madame, je vous ramène votre petit garçon qui s'était perdu près de la rivière.

Mais Simon sauta au cou de sa mère et lui dit en se remettant à pleurer.

— Non, maman, j'ai voulu me noyer, parce que les autres m'ont battu... m'ont battu... parce que je n'ai pas de papa.

Une rougeur cuisante couvrit les joues de la jeune femme, et, meurtrie jusqu'au fond de sa chair, elle embrassa son enfant avec violence pendant que des larmes rapides lui coulaient sur la figure. L'homme ému restait là, ne sachant comment partir. Mais Simon soudain courut vers lui et lui dit :

— Voulez-vous être mon papa ?

Un grand silence se fit. La Blanchotte, muette et torturée de honte, s'appuyait contre le mur, les deux mains sur son cœur. L'enfant, voyant qu'on ne lui répondait point, reprit :

— Si vous ne voulez pas, je retournerai me noyer.

L'ouvrier prit la chose en plaisanterie et répondit en riant :

— Mais oui, je veux bien.

— Comment est-ce que tu t'appelles, demanda alors l'enfant, pour que je réponde aux autres quand ils voudront savoir ton nom ?

— Philippe, répondit l'homme.

Simon se tut une seconde pour bien faire entrer ce nom-là dans sa tête, puis il tendit les bras, tout consolé, en disant :

— Eh bien ! Philippe, tu es mon papa.

L'ouvrier, l'enlevant de terre, l'embrassa brusquement sur les deux joues, puis il s'enfuit très vite à grandes enjambées.

Quand l'enfant entra dans l'école, le lendemain, un rire méchant l'accueillit ; et à la sortie, lorsque le gars voulut recommencer, Simon lui jeta ces mots à la tête, comme il aurait fait d'une pierre : — « Il s'appelle Philippe, mon papa. »

Des hurlements de joie jaillirent de tous les côtés :

— Philippe qui ?... Philippe quoi ?... Qu'est-ce que c'est que ça, Philippe ?... Où l'as-tu pris, ton Philippe ?

Simon ne répondit rien ; et, inébranlable dans sa foi, il les défiait de l'œil, prêt à se laisser martyriser plutôt que de fuir devant eux. Le maître d'école le délivra et il retourna chez sa mère.

Pendant trois mois, le grand ouvrier Philippe passa souvent près de la maison de la Blanchotte et, quelquefois, il s'enhardissait à lui parler lorsqu'il la voyait cousant auprès de sa fenêtre. Elle lui répondait poliment, toujours grave, sans rire jamais avec lui, et sans le laisser entrer chez elle. Cependant, un peu fat, comme tous les hommes, il s'imagina qu'elle était souvent plus rouge que de coutume lorsqu'elle causait avec lui.

Mais une réputation tombée est si pénible à refaire et

demeure toujours si fragile, que, malgré la réserve ombrageuse de la Blanchotte, on jasait déjà dans le pays.

Quant à Simon, il aimait beaucoup son nouveau papa et se promenait avec lui presque tous les soirs, la journée finie. Il allait assidûment à l'école et passait au milieu de ses camarades fort digne, sans leur répondre jamais.

Un jour, pourtant, le gars qui l'avait attaqué le premier lui dit :

— Tu as menti, tu n'as pas un papa qui s'appelle Philippe.

— Pourquoi ça ? — demanda Simon très ému.

Le gars se frottait les mains. Il reprit :

— Parce que si tu en avais un, il serait le mari de ta maman.

Simon se troubla devant la justesse de ce raisonnement ; néanmoins il répondit : — « C'est mon papa tout de même. »

— Ça se peut bien, dit le gars en ricanant, mais ce n'est pas ton papa tout à fait.

Le petit à la Blanchotte courba la tête et s'en alla rêveur du côté de la forge au père Loizon, où travaillait Philippe.

Cette forge était comme ensevelie sous des arbres. Il y faisait très sombre ; seule, la lueur rouge d'un foyer formidable éclairait par grands reflets cinq forgerons aux bras nus qui frappaient sur leurs enclumes avec un terrible fracas. Ils se tenaient debout, enflammés comme des démons, les yeux fixés sur le fer ardent qu'ils torturaient ; et leur lourde pensée montait et retombait avec leurs marteaux.

Simon entra sans être vu et alla tout doucement tirer son ami par la manche. Celui-ci se retourna. Soudain le travail s'interrompit, et tous les hommes regardèrent, très attentifs. Alors, au milieu de ce silence inaccoutumé, monta la petite voix frêle de Simon.

— Dis donc, Philippe, le gars à la Michaude qui m'a

conté tout à l'heure que tu n'étais pas mon papa tout à fait.

— Pourquoi ça ? demanda l'ouvrier.

L'enfant répondit avec toute sa naïveté :

— Parce que tu n'es pas le mari de maman.

Personne ne rit. Philippe resta debout, appuyant son front sur le dos de ses grosses mains que supportait le manche de son marteau dressé sur l'enclume. Il rêvait [1]. Ses quatre compagnons le regardaient et, tout petit entre ces géants, Simon, anxieux, attendait. Tout à coup, un des forgerons, répondant à la pensée de tous, dit à Philippe :

— C'est tout de même une bonne et brave fille que la Blanchotte, et vaillante et rangée malgré son malheur, et qui serait une digne femme pour un honnête homme.

— Ça, c'est vrai, dirent les trois autres.

L'ouvrier continua :

— Est-ce sa faute, à cette fille, si elle a failli ? On lui avait promis mariage, et j'en connais plus d'une qu'on respecte bien aujourd'hui et qui en a fait tout autant.

— Ça, c'est vrai, répondirent en chœur les trois hommes.

Il reprit : — « Ce qu'elle a peiné la pauvre, pour élever son gars toute seule, et ce qu'elle a pleuré depuis qu'elle ne sort plus que pour aller à l'église, il n'y a que le bon Dieu qui le sait. »

— C'est encore vrai, dirent les autres.

Alors on n'entendit plus que le soufflet qui activait le feu du foyer. Philippe, brusquement, se pencha vers Simon :

— Va dire à ta maman que j'irai lui parler ce soir.

Puis il poussa l'enfant dehors par les épaules.

Il revint à son travail et, d'un seul coup, les cinq marteaux retombèrent ensemble sur les enclumes. Ils battirent ainsi le fer jusqu'à la nuit, forts, puissants, joyeux comme des marteaux satisfaits. Mais, de même que le bourdon d'une cathédrale résonne dans les jours de fête au-dessus du tintement des autres cloches, ainsi le marteau de Philippe, dominant le fracas des autres, s'abattait de seconde en seconde avec un vacarme assourdissant. Et lui, l'œil allumé, forgeait passionné-ment, debout dans les étincelles.

Le ciel était plein d'étoiles quand il vint frapper à la porte de la Blanchotte. Il avait sa blouse des dimanches, une chemise fraîche et la barbe faite. La jeune femme se montra sur le seuil et lui dit d'un air peiné :

— « C'est mal de venir ainsi la nuit tombée, monsieur Philippe. »

Il voulut répondre, balbutia et resta confus devant elle.

Elle reprit : — « Vous comprenez bien pourtant qu'il ne faut plus que l'on parle de moi. »

Alors, lui, tout à coup :

— Qu'est-ce que ça fait, dit-il, si vous voulez être ma femme !

Aucune voix ne lui répondit, mais il crut entendre dans l'ombre de la chambre le bruit d'un corps qui s'affaissait. Il entra bien vite ; et Simon, qui était couché dans son lit, distingua le son d'un baiser et quelques mots que sa mère murmurait bien bas. Puis, tout à coup, il se sentit enlevé dans les mains de son ami, et celui-ci, le tenant au bout de ses bras d'hercule, lui cria :

— Tu leur diras, à tes camarades, que ton papa c'est Philippe Rémy, le forgeron, et qu'il ira tirer les oreilles à tous ceux qui te feront du mal.

Le lendemain, comme l'école était pleine et que la classe allait commencer, le petit Simon se leva, tout pâle et les lèvres tremblantes : — « Mon papa, dit-il d'une voix claire, c'est Philippe Rémy, le forgeron, et il a promis qu'il tirerait les oreilles à tous ceux qui me feraient du mal. »

Cette fois, personne ne rit plus, car on le connaissait bien ce Philippe Rémy, le forgeron, et c'était un papa, celui-là, dont tout le monde eût été fier.

# UNE PARTIE DE CAMPAGNE[1]

On avait projeté depuis cinq mois d'aller déjeuner aux environs de Paris, le jour de la fête de M^{me} Dufour, qui s'appelait Pétronille[2]. Aussi, comme on avait attendu cette partie impatiemment, s'était-on levé de fort bonne heure ce matin-là.

M. Dufour, ayant emprunté la voiture du laitier, conduisait lui-même. La carriole, à deux roues, était fort propre ; elle avait un toit supporté par quatre montants de fer où s'attachaient des rideaux qu'on avait relevés pour voir le paysage. Celui de derrière, seul, flottait au vent, comme un drapeau. La femme, à côté de son époux, s'épanouissait dans une robe de soie cerise extraordinaire. Ensuite, sur deux chaises, se tenaient une vieille grand-mère et une jeune fille. On apercevait encore la chevelure jaune d'un garçon qui, faute de siège, s'était étendu tout au fond, et dont la tête seule apparaissait.

Après avoir suivi l'avenue des Champs-Élysées et franchi les fortifications à la porte Maillot, on s'était mis à regarder la contrée.

En arrivant au pont de Neuilly, M. Dufour avait dit : — « Voici la campagne enfin ! » — et sa femme, à ce signal, s'était attendrie sur la nature.

Au rond-point de Courbevoie[3], une admiration les avait saisis devant l'éloignement des horizons. A droite, là-bas, c'était Argenteuil, dont le clocher se dressait ; au-dessus apparaissaient les buttes de Sannois et le Moulin d'Orgemont. A gauche, l'aqueduc de Marly se dessinait sur le ciel clair du matin, et l'on apercevait aussi, de loin, la terrasse de Saint-Germain ; tandis qu'en face, au bout d'une chaîne de collines, des terres remuées indiquaient le nouveau fort de Cormeilles. Tout au fond dans un reculement formidable, par-dessus des plaines et des villages, on entrevoyait une sombre verdure de forêts[1].

Le soleil commençait à brûler les visages ; la poussière emplissait les yeux continuellement, et, des deux côtés de la route, se développait une campagne interminablement nue, sale et puante. On eût dit qu'une lèpre l'avait ravagée, qui rongeait jusqu'aux maisons, car des squelettes de bâtiments défoncés et abandonnés, ou bien des petites cabanes inachevées faute de paiement aux entrepreneurs, tendaient leurs quatre murs sans toit.

De loin en loin, poussaient dans le sol stérile de longues cheminées de fabriques, seule végétation de ces champs putrides où la brise du printemps promenait un parfum de pétrole et de schiste mêlé à une autre odeur moins agréable encore.

Enfin, on avait traversé la Seine une seconde fois, et, sur le pont, ç'avait été un ravissement. La rivière éclatait de lumière ; une buée s'en élevait, pompée par le soleil, et l'on éprouvait une quiétude douce, un rafraîchissement bienfaisant à respirer enfin un air plus pur qui n'avait point balayé la fumée noire des usines ou les miasmes des dépotoirs.

Un homme qui passait avait nommé le pays : Bezons.

La voiture s'arrêta, et M. Dufour se mit à lire l'enseigne engageante d'une gargote : « *Restaurant Poulin*[2], *matelotes et fritures, cabinets de société, bosquets et balançoires.* » — Eh bien ! madame Dufour, cela te va-t-il ? Te décideras-tu à la fin ?

La femme lut à son tour : « *Restaurant Poulin, matelotes et fritures, cabinets de société, bosquets et balançoires.* » Puis elle regarda la maison longuement.

C'était une auberge de campagne, blanche, plantée au bord de la route. Elle montrait, par la porte ouverte, le zinc brillant du comptoir devant lequel se tenaient deux ouvriers endimanchés.

A la fin, M^{me} Dufour se décida : — « Oui, c'est bien, dit-elle ; et puis il y a de la vue. » — La voiture entra dans un vaste terrain planté de grands arbres qui s'étendait derrière l'auberge et qui n'était séparé de la Seine que par le chemin de halage.

Alors on descendit. Le mari sauta le premier, puis ouvrit les bras pour recevoir sa femme. Le marchepied, tenu par deux branches de fer, était très loin, de sorte que, pour l'atteindre, M^{me} Dufour dut laisser voir le bas d'une jambe dont la finesse primitive disparaissait à présent sous un envahissement de graisse tombant des cuisses.

M. Dufour, que la campagne émoustillait déjà, lui pinça vivement le mollet, puis, la prenant sous les bras, la déposa lourdement à terre, comme un énorme paquet.

Elle tapa avec la main sa robe de soie pour en faire tomber la poussière, puis regarda l'endroit où elle se trouvait.

C'était une femme de trente-six ans environ, forte en chair, épanouie et réjouissante à voir. Elle respirait avec peine, étranglée violemment par l'étreinte de son corset trop serré ; et la pression de cette machine rejetait jusque dans son double menton la masse fluctuante de sa poitrine surabondante.

La jeune fille ensuite, posant la main sur l'épaule de son père, sauta légèrement toute seule. Le garçon aux cheveux jaunes était descendu en mettant un pied sur la roue, et il aida M. Dufour à décharger la grand-mère.

Alors on détela le cheval, qui fut attaché à un arbre ; et la voiture tomba sur le nez, les deux brancards à terre. Les hommes, ayant retiré leurs redingotes, se lavèrent les mains dans un seau d'eau, puis rejoignirent leurs dames installées déjà sur les escarpolettes.

M^{lle} Dufour essayait de se balancer debout, toute

seule, sans parvenir à se donner un élan suffisant. C'était une belle fille de dix-huit à vingt ans ; une de ces femmes dont la rencontre dans la rue vous fouette d'un désir subit, et vous laisse jusqu'à la nuit une inquiétude vague et un soulèvement des sens. Grande, mince de taille et large des hanches, elle avait la peau très brune, les yeux très grands, les cheveux très noirs. Sa robe dessinait nettement les plénitudes fermes de sa chair qu'accentuaient encore les efforts des reins qu'elle faisait pour s'enlever. Ses bras tendus tenaient les cordes au-dessus de sa tête, de sorte que sa poitrine se dressait, sans une secousse, à chaque impulsion qu'elle donnait. Son chapeau, emporté par un coup de vent, était tombé derrière elle ; et l'escarpolette peu à peu se lançait, montrant à chaque retour ses jambes fines jusqu'au genou, et jetant à la figure des deux hommes, qui la regardaient en riant, l'air de ses jupes, plus capiteux que les vapeurs du vin.

Assise sur l'autre balançoire, M^{me} Dufour gémissait d'une façon monotone et continue : — « Cyprien, viens me pousser ; viens donc me pousser, Cyprien ! » — A la fin, il y alla et, ayant retroussé les manches de sa chemise, comme avant d'entreprendre un travail, il mit sa femme en mouvement avec une peine infinie [1].

Cramponnée aux cordes, elle tenait ses jambes droites, pour ne point rencontrer le sol, et elle jouissait d'être étourdie par le va-et-vient de la machine. Ses formes, secouées, tremblotaient continuellement comme de la gelée sur un plat. Mais, comme les élans grandissaient, elle fut prise de vertige et de peur. A chaque descente, elle poussait un cri perçant qui faisait accourir tous les gamins du pays ; et, là-bas, devant elle, au-dessus de la haie du jardin, elle apercevait vaguement une garniture de têtes polissonnes que des rires faisaient grimacer diversement.

Une servante étant venue, on commanda le déjeuner.

— Une friture de Seine, un lapin sauté, une salade et du dessert, articula M^{me} Dufour, d'un air important. — « Vous apporterez deux litres et une bouteille de bor-

deaux », dit son mari. — « Nous dînerons sur l'herbe »,
ajouta la jeune fille.

La grand-mère, prise de tendresse à la vue du chat de
la maison, le poursuivait depuis dix minutes en lui
prodiguant inutilement les plus douces appellations.
L'animal, intérieurement flatté sans doute de cette
attention, se tenait toujours tout près de la main de la
bonne femme, sans se laisser atteindre cependant, et
faisait tranquillement le tour des arbres, contre lesquels
il se frottait, la queue dressée, avec un petit ronron de
plaisir.

— Tiens ! cria tout à coup le jeune homme aux
cheveux jaunes qui furetait dans le terrain, en voilà des
bateaux qui sont chouet[1] ! — On alla voir. Sous un petit
hangar en bois étaient suspendues deux superbes yoles
de canotiers, fines et travaillées comme des meubles de
luxe. Elles reposaient côte à côte, pareilles à deux
grandes filles minces, en leur longueur étroite et relui-
sante, et donnaient envie de filer sur l'eau par les belles
soirées douces ou les claires matinées d'été, de raser les
berges fleuries où des arbres entiers trempent leurs
branches dans l'eau, où tremblote l'éternel frisson des
roseaux et d'où s'envolent, comme des éclairs bleus, de
rapides martins-pêcheurs.

Toute la famille, avec respect, les contemplait. —
« Oh ! ça oui, c'est chouet », répéta gravement M. Dufour. Et il les détaillait en connaisseur. Il avait canoté,
lui aussi, dans son jeune temps, disait-il ; voire même
qu'avec ça dans la main — et il faisait le geste de tirer
sur les avirons — il se fichait de tout le monde. Il avait
rossé en course plus d'un Anglais, jadis, à Joinville ; et il
plaisanta sur le mot « *dames* », dont on désigne les deux
montants qui retiennent les avirons, disant que les
canotiers, et pour cause, ne sortaient jamais sans leurs
*dames*. Il s'échauffait en pérorant et proposait obstinément de parier qu'avec un bateau comme ça, il ferait six
lieues à l'heure sans se presser.

— C'est prêt, — dit la servante qui apparut à l'entrée.

On se précipita ; mais voilà qu'à la meilleure place, qu'en son esprit M^me Dufour avait choisie pour s'installer, deux jeunes gens déjeunaient déjà. C'étaient les propriétaires des yoles, sans doute, car ils portaient le costume des canotiers.

Ils étaient étendus sur des chaises, presque couchés. Ils avaient la face noircie par le soleil et la poitrine couverte seulement d'un mince maillot de coton blanc qui laissait passer leurs bras nus, robustes comme ceux des forgerons. C'étaient deux solides gaillards, posant beaucoup pour la vigueur, mais qui montraient en tous leurs mouvements cette grâce élastique des membres qu'on acquiert par l'exercice, si différente de la déformation qu'imprime à l'ouvrier l'effort pénible, toujours le même.

Ils échangèrent rapidement un sourire en voyant la mère, puis un regard en apercevant la fille. — « Donnons notre place, dit l'un, ça nous fera faire connaissance. » L'autre aussitôt se leva et, tenant à la main sa toque mi-partie rouge et mi-partie noire, il offrit chevaleresquement de céder aux dames le seul endroit du jardin où ne tombât point le soleil. On accepta en se confondant en excuses ; et pour que ce fût plus champêtre, la famille s'installa sur l'herbe sans table ni sièges.

Les deux jeunes gens portèrent leur couvert quelques pas plus loin et se remirent à manger. Leurs bras nus, qu'ils montraient sans cesse, gênaient un peu la jeune fille. Elle affectait même de tourner la tête et de ne point les remarquer, tandis que M^me Dufour, plus hardie, sollicitée par une curiosité féminine qui était peut-être du désir, les regardait à tout moment, les comparant sans doute avec regret aux laideurs secrètes de son mari.

Elle s'était éboulée sur l'herbe, les jambes pliées à la façon des tailleurs, et elle se trémoussait continuellement, sous prétexte que des fourmis lui étaient entrées quelque part. M. Dufour, rendu maussade par la présence et l'amabilité des étrangers, cherchait une position commode qu'il ne trouva pas du reste, et le jeune

homme aux cheveux jaunes mangeait silencieusement
comme un ogre.

— Un bien beau temps, monsieur, dit la grosse dame
à l'un des canotiers. Elle voulait être aimable à cause de
la place qu'ils avaient cédée. — « Oui, madame, répon-
dit-il ; venez-vous souvent à la campagne ? »

— Oh ! une fois ou deux par an seulement, pour
prendre l'air ; et vous, monsieur ?

— J'y viens coucher tous les soirs.

— Ah ! ça doit être bien agréable ?

— Oui, certainement, madame.

Et il raconta sa vie de chaque jour, poétiquement, de
façon à faire vibrer dans le cœur de ces bourgeois privés
d'herbe et affamés de promenades aux champs cet
amour bête de la nature qui les hante toute l'année
derrière le comptoir de leur boutique.

La jeune fille, émue, leva les yeux et regarda le
canotier. M. Dufour parla pour la première fois. — « Ça,
c'est une vie », dit-il. Il ajouta : — « Encore un peu de
lapin, ma bonne. » — « Non, merci, mon ami. »

Elle se tourna de nouveau vers les jeunes gens, et
montrant leurs bras : — « Vous n'avez jamais froid
comme ça ? » dit-elle.

Ils se mirent à rire tous les deux, et ils épouvantèrent
la famille par le récit de leurs fatigues prodigieuses, de
leurs bains pris en sueur, de leurs courses dans le
brouillard des nuits ; et ils tapèrent violemment sur leur
poitrine pour montrer quel son ça rendait. — « Oh ! vous
avez l'air solides », dit le mari qui ne parlait plus du
temps où il rossait les Anglais.

La jeune fille les examinait de côté maintenant, et le
garçon aux cheveux jaunes, ayant bu de travers, toussa
éperdument, arrosant la robe en soie cerise de la
patronne qui se fâcha et fit apporter de l'eau pour laver
les taches.

Cependant, la température devenait terrible. Le fleuve
étincelant semblait un foyer de chaleur, et les fumées du
vin troublaient les têtes.

M. Dufour, que secouait un hoquet violent, avait déboutonné son gilet et le haut de son pantalon tandis que sa femme, prise de suffocations, dégrafait sa robe peu à peu. L'apprenti balançait d'un air gai sa tignasse de lin et se versait à boire coup sur coup. La grand-mère, se sentant grise, se tenait fort raide et fort digne. Quant à la jeune fille, elle ne laissait rien paraître, son œil seul s'allumait vaguement, et sa peau très brune se colorait aux joues d'une teinte plus rose.

Le café les acheva. On parla de chanter et chacun dit son couplet, que les autres applaudirent avec frénésie. Puis on se leva difficilement, et, pendant que les deux femmes, étourdies, respiraient, les deux hommes, tout à fait pochards, faisaient de la gymnastique. Lourds, flasques, et la figure écarlate, ils se pendaient gauchement aux anneaux sans parvenir à s'enlever, et leurs chemises menaçaient continuellement d'évacuer leurs pantalons pour battre au vent comme des étendards.

Cependant les canotiers avaient mis leurs yoles à l'eau et ils revenaient avec politesse proposer aux dames une promenade sur la rivière.

— Monsieur Dufour, veux-tu ? je t'en prie ! — cria sa femme. Il la regarda d'un air d'ivrogne, sans comprendre. Alors un canotier s'approcha, deux lignes de pêcheur à la main. L'espérance de prendre du goujon, cet idéal des boutiquiers[1], alluma les yeux mornes du bonhomme, qui permit tout ce qu'on voulut, et s'installa à l'ombre, sous le pont, les pieds ballants au-dessus du fleuve, à côté du jeune homme aux cheveux jaunes qui s'endormit auprès de lui.

Un des canotiers se dévoua : il prit la mère. — « Au petit bois de l'île aux Anglais[2] ! » cria-t-il en s'éloignant.

L'autre yole s'en alla plus doucement. Le rameur regardait tellement sa compagne qu'il ne pensait plus à autre chose, et une émotion l'avait saisi qui paralysait sa vigueur.

La jeune fille, assise dans le fauteuil du barreur, se laissait aller à la douceur d'être sur l'eau. Elle se sentait

prise d'un renoncement de pensées, d'une quiétude de
ses membres, d'un abandonnement d'elle-même,
comme envahie par une ivresse multiple. Elle était
devenue fort rouge avec une respiration courte. Les
étourdissements du vin, développés par la chaleur tor-
rentielle qui ruisselait autour d'elle, faisaient saluer sur
son passage tous les arbres de la berge. Un besoin vague
de jouissance, une fermentation du sang parcouraient sa
chair excitée par les ardeurs de ce jour ; et elle était aussi
troublée dans ce tête-à-tête sur l'eau, au milieu de ce
pays dépeuplé par l'incendie du ciel, avec ce jeune
homme qui la trouvait belle, dont l'œil lui baisait la
peau, et dont le désir était pénétrant comme le soleil.

Leur impuissance à parler augmentait leur émotion,
et ils regardaient les environs. Alors, faisant un effort, il
lui demanda son nom. — « Henriette », dit-elle. —
« Tiens ! moi je m'appelle Henri », reprit-il.

Le son de leur voix les avait calmés ; ils s'intéressèrent
à la rive. L'autre yole s'était arrêtée et paraissait les
attendre. Celui qui la montait cria : — « Nous vous
rejoindrons dans le bois ; nous allons jusqu'à Robinson [1],
parce que Madame a soif. » — Puis il se coucha sur les
avirons et s'éloigna si rapidement qu'on cessa bientôt de
le voir.

Cependant un grondement continu qu'on distinguait
vaguement depuis quelque temps s'approchait très vite.
La rivière elle-même semblait frémir comme si le bruit
sourd montait de ses profondeurs.

— Qu'est-ce qu'on entend ? demanda-t-elle.

C'était la chute du barrage qui coupait le fleuve en
deux à la pointe de l'île. Lui se perdait dans une
explication, lorsque, à travers le fracas de la cascade, un
chant d'oiseau qui semblait très lointain les frappa. —
« Tiens, dit-il, les rossignols chantent dans le jour : c'est
donc que les femelles couvent. »

Un rossignol ! Elle n'en avait jamais entendu, et l'idée
d'en écouter un fit se lever dans son cœur la vision des
poétiques tendresses. Un rossignol ! c'est-à-dire l'invi-

sible témoin des rendez-vous d'amour qu'invoquait Juliette sur son balcon[1] ; cette musique du ciel accordée aux baisers des hommes ; cet éternel inspirateur de toutes les romances langoureuses qui ouvrent un idéal bleu aux pauvres petits cœurs des fillettes attendries !

Elle allait donc entendre un rossignol.

— Ne faisons pas de bruit, dit son compagnon, nous pourrons descendre dans le bois et nous asseoir tout près de lui.

La yole semblait glisser. Des arbres se montrèrent sur l'île, dont la berge était si basse que les yeux plongeaient dans l'épaisseur des fourrés. On s'arrêta ; le bateau fut attaché ; et, Henriette s'appuyant sur le bras de Henri, ils s'avancèrent entre les branches. — « Courbez-vous », dit-il. Elle se courba, et ils pénétrèrent dans un inextricable fouillis de lianes, de feuilles et de roseaux, dans un asile introuvable qu'il fallait connaître et que le jeune homme appelait en riant « son cabinet particulier ».

Juste au-dessus de leur tête, perché dans un des arbres qui les abritaient, l'oiseau s'égosillait toujours. Il lançait des trilles et des roulades, puis filait de grands sons vibrants qui emplissaient l'air et semblaient se perdre à l'horizon, se déroulant le long du fleuve et s'envolant au-dessus des plaines, à travers le silence de feu qui appesantissait la campagne.

Ils ne parlaient pas de peur de le faire fuir. Ils étaient assis l'un près de l'autre, et lentement, le bras de Henri fit le tour de la taille de Henriette et l'enserra d'une pression douce. Elle prit, sans colère, cette main audacieuse, et elle l'éloignait sans cesse à mesure qu'il la rapprochait, n'éprouvant du reste aucun embarras de cette caresse, comme si c'eût été une chose toute naturelle qu'elle repoussait aussi naturellement.

Elle écoutait l'oiseau, perdue dans une extase. Elle avait des désirs infinis de bonheur, des tendresses brusques qui la traversaient, des révélations de poésies surhumaines, et un tel amollissement des nerfs et du cœur, qu'elle pleurait sans savoir pourquoi. Le jeune homme la serrait contre lui maintenant; elle ne le repoussait plus, n'y pensant pas.

Le rossignol se tut soudain. Une voix éloignée cria : — « Henriette ! »

— Ne répondez point, dit-il tout bas, vous feriez envoler l'oiseau.

Elle ne songeait guère non plus à répondre.

Ils restèrent quelque temps ainsi. M^me Dufour s'était assise quelque part, car on entendait vaguement, de temps en temps, les petits cris de la grosse dame que lutinait sans doute l'autre canotier.

La jeune fille pleurait toujours, pénétrée de sensations très douces, la peau chaude et piquée partout de cha-touillements inconnus. La tête de Henri était sur son épaule ; et, brusquement, il la baisa sur les lèvres. Elle eut une révolte furieuse et, pour l'éviter, se rejeta sur le dos. Mais il s'abattit sur elle, la couvrant de tout son corps. Il poursuivit longtemps cette bouche qui le fuyait, puis, la joignant, y attacha la sienne. Alors, affolée par un désir formidable, elle lui rendit son baiser en l'étrei-gnant sur sa poitrine, et toute sa résistance tomba comme écrasée par un poids trop lourd.

Tout était calme aux environs. L'oiseau se remit à chanter. Il jeta d'abord trois notes pénétrantes qui semblaient un appel d'amour, puis, après un silence d'un moment, il commença d'une voix affaiblie des modulations très lentes.

Une brise molle glissa, soulevant un murmure de feuilles, et dans la profondeur des branches passaient deux soupirs ardents qui se mêlaient au chant du rossignol et au souffle léger du bois.

Une ivresse envahissait l'oiseau, et sa voix, s'accélé-rant peu à peu comme un incendie qui s'allume ou une passion qui grandit, semblait accompagner sous l'arbre un crépitement de baisers. Puis le délire de son gosier se déchaînait éperdument. Il avait des pâmoisons prolon-gées sur un trait, de grands spasmes mélodieux.

Quelquefois il se reposait un peu, filant seulement

deux ou trois sons légers qu'il terminait soudain par une note suraiguë. Ou bien il partait d'une course affolée, avec des jaillissements de gammes, des frémissements, des saccades, comme un chant d'amour furieux, suivi par des cris de triomphe.

Mais il se tut, écoutant sous lui un gémissement tellement profond qu'on l'eût pris pour l'adieu d'une âme. Le bruit s'en prolongea quelque temps et s'acheva dans un sanglot.

Ils étaient bien pâles, tous les deux, en quittant leur lit de verdure. Le ciel bleu leur paraissait obscurci ; l'ardent soleil était éteint pour leurs yeux ; ils s'apercevaient de la solitude et du silence. Ils marchaient rapidement l'un près de l'autre, sans se parler, sans se toucher, car ils semblaient devenus ennemis irréconciliables, comme si un dégoût se fût élevé entre leurs corps, une haine entre leurs esprits.

De temps à autre, Henriette criait : — « Maman ! »

Un tumulte se fit sous un buisson. Henri crut voir une jupe blanche qu'on rabattait vite sur un gros mollet ; et l'énorme dame apparut, un peu confuse et plus rouge encore, l'œil très brillant et la poitrine orageuse, trop près peut-être de son voisin. Celui-ci devait avoir vu des choses bien drôles, car sa figure était sillonnée de rires subits qui la traversaient malgré lui.

M^me Dufour prit son bras d'un air tendre, et l'on regagna les bateaux. Henri, qui marchait devant, toujours muet à côté de la jeune fille, crut distinguer tout à coup comme un gros baiser qu'on étouffait.

Enfin l'on revint à Bezons.

M. Dufour, dégrisé, s'impatientait. Le jeune homme aux cheveux jaunes mangeait un morceau avant de quitter l'auberge. La voiture était attelée dans la cour, et la grand-mère, déjà montée, se désolait parce qu'elle avait peur d'être prise par la nuit dans la plaine, les environs de Paris n'étant pas sûrs.

154 *La Maison Tellier*

On se donna des poignées de main, et la famille Dufour s'en alla. — « Au revoir ! » criaient les canotiers. Un soupir et une larme leur répondirent.

Deux mois après, comme il passait rue des Martyrs, Henri lut sur une porte : *Dufour, quincaillier.*

Il entra.

La grosse dame s'arrondissait au comptoir. On se reconnut aussitôt, et, après mille politesses, il demanda des nouvelles. — Et mademoiselle Henriette, comment va-t-elle ?

— Très bien, merci, elle est mariée.

— Ah !...

Une émotion l'étreignit ; il ajouta :

— Et... avec qui ?

— Mais avec le jeune homme qui nous accompagnait, vous savez bien ; c'est lui qui prend la suite.

— Oh ! parfaitement.

Il s'en allait fort triste, sans trop savoir pourquoi. M^{me} Dufour le rappela.

— Et votre ami ? dit-elle timidement.

— Mais il va bien.

— Faites-lui nos compliments, n'est-ce pas ; et quand il passera, dites-lui donc de venir nous voir...

Elle rougit fort, puis ajouta : — « Ça me fera bien plaisir ; dites-lui. »

— Je n'y manquerai pas. Adieu !

— Non... à bientôt !

L'année suivante, un dimanche qu'il faisait très chaud, tous les détails de cette aventure, que Henri n'avait jamais oubliée, lui revinrent subitement, si nets et si désirables, qu'il retourna tout seul à leur chambre dans le bois.

Il fut stupéfait en entrant. Elle était là, assise sur l'herbe, l'air triste, tandis qu'à son côté, toujours en manches de chemise, son mari, le jeune homme aux cheveux jaunes, dormait consciencieusement comme une brute.

Elle devint si pâle en voyant Henri qu'il crut qu'elle allait défaillir. Puis ils se mirent à causer naturellement, de même que si rien ne se fût passé entre eux.

Mais comme il lui racontait qu'il aimait beaucoup cet endroit et qu'il y venait souvent se reposer, le dimanche, en songeant à bien des souvenirs, elle le regarda longuement dans les yeux.

— Moi, j'y pense tous les soirs, dit-elle.

— Allons, ma bonne, reprit en bâillant son mari, je crois qu'il est temps de nous en aller.

# AU PRINTEMPS [1]

Lorsque les premiers beaux jours arrivent, que la terre s'éveille et reverdit, que la tiédeur parfumée de l'air nous caresse la peau, entre dans la poitrine, semble pénétrer au cœur lui-même, il nous vient des désirs vagues de bonheurs indéfinis, des envies de courir, d'aller au hasard, de chercher aventure, de boire du printemps.

L'hiver ayant été fort dur l'an dernier, ce besoin d'épanouissement fut, au mois de mai, comme une ivresse qui m'envahit, une poussée de sève débordante.

Or, en m'éveillant un matin, j'aperçus par ma fenêtre, au-dessus des maisons voisines, la grande nappe bleue du ciel tout enflammée de soleil. Les serins accrochés aux fenêtres s'égosillaient ; les bonnes chantaient à tous les étages ; une rumeur gaie montait de la rue ; et je sortis, l'esprit en fête, pour aller je ne sais où.

Les gens qu'on rencontrait souriaient ; un souffle de bonheur flottait partout dans la lumière chaude du printemps revenu. On eût dit qu'il y avait sur la ville une brise d'amour épandue ; et les jeunes femmes qui passaient en toilette du matin, portant dans les yeux comme une tendresse cachée et une grâce plus molle dans la démarche, m'emplissaient le cœur de trouble.

Sans savoir comment, sans savoir pourquoi, j'arrivai au bord de la Seine. Des bateaux à vapeur filaient vers Suresnes, et il me vint soudain une envie démesurée de courir à travers les bois.

Le pont de la *Mouche*[1] était couvert de passagers, car le premier soleil vous tire, malgré vous, du logis, et tout le monde remue, va, vient, cause avec le voisin.

C'était une voisine que j'avais : une petite ouvrière sans doute, avec une grâce toute parisienne, une mignonne tête blonde sous des cheveux bouclés aux tempes ; des cheveux qui semblaient une lumière frisée, descendaient à l'oreille, couraient jusqu'à la nuque, dansaient au vent, puis devenaient, plus bas, un duvet si fin, si léger, si blond, qu'on le voyait à peine, mais qu'on éprouvait une irrésistible envie de mettre là une foule de baisers.

Sous l'insistance de mon regard, elle tourna la tête vers moi, puis baissa brusquement les yeux, tandis qu'un pli léger, comme un sourire prêt à naître, enfonçant un peu le coin de sa bouche, faisait apparaître aussi là ce fin duvet soyeux et pâle que le soleil dorait un peu.

La rivière calme s'élargissait. Une paix chaude planait dans l'atmosphère, et un murmure de vie semblait emplir l'espace. Ma voisine releva les yeux, et, cette fois, comme je la regardais toujours, elle sourit décidément. Elle était charmante ainsi, et dans son regard fuyant mille choses m'apparurent, mille choses ignorées jusqu'ici. J'y vis des profondeurs inconnues, tout le charme des tendresses, toute la poésie que nous rêvons, tout le bonheur que nous cherchons sans fin. Et j'avais un désir fou d'ouvrir les bras, de l'emporter quelque part pour lui murmurer à l'oreille la suave musique des paroles d'amour.

J'allais ouvrir la bouche et l'aborder, quand quelqu'un me toucha l'épaule. Je me retournai, surpris, et j'aperçus un homme d'aspect ordinaire, ni jeune ni vieux, qui me regardait d'un air triste.

— Je voudrais vous parler, dit-il.

Je fis une grimace qu'il vit sans doute, car il ajouta :
— « C'est important. »

Je me levai et le suivis à l'autre bout du bateau .

— « Monsieur, reprit-il, quand l'hiver approche avec les froids, la pluie et la neige, votre médecin vous dit chaque jour : « Tenez-vous les pieds bien chauds, gardez-vous des refroidissements, des rhumes : des bronchites, des pleurésies. » Alors vous prenez mille précautions, vous portez de la flanelle, des pardessus épais, des gros souliers, ce qui ne vous empêche pas toujours de passer deux mois au lit. Mais quand revient le printemps avec ses feuilles et ses fleurs, ses brises chaudes et amollissantes, ses exhalaisons des champs qui vous apportent des troubles vagues, des attendrissements sans cause, il n'est personne qui vienne vous dire : « Monsieur, prenez garde à l'amour ! Il est embusqué partout : il vous guette à tous les coins ; toutes ses ruses sont tendues, toutes ses armes aiguisées, toutes ses perfidies préparées ! Prenez garde à l'amour !... Prenez garde à l'amour ! Il est plus dangereux que le rhume, la bronchite ou la pleurésie ! Il ne pardonne pas, et fait commettre à tout le monde des bêtises irréparables. » Oui, monsieur, je dis que, chaque année, le gouvernement devrait faire mettre sur les murs de grandes affiches avec ces mots : « *Retour du printemps. Citoyens français, prenez garde à l'amour* » ; de même qu'on écrit sur la porte des maisons : « Prenez garde à la peinture ! » — Eh bien, puisque le gouvernement ne le fait pas, moi je le remplace, et je vous dis : « Prenez garde à l'amour : il est en train de vous pincer, et j'ai le devoir de vous prévenir comme on prévient, en Russie, un passant dont le nez gèle. »

Je demeurais stupéfait devant cet étrange particulier, et, prenant un air digne : — « Enfin, monsieur, vous me paraissez vous mêler de ce qui ne vous regarde guère. »

Il fit un mouvement brusque, et répondit : — « Oh ! monsieur ! monsieur ! si je m'aperçois qu'un homme va se noyer dans un endroit dangereux, il faut donc le laisser périr ? Tenez, écoutez mon histoire, et vous comprendrez pourquoi j'ose vous parler ainsi.

« C'était l'an dernier, à pareille époque. Je dois vous

dire, d'abord, monsieur, que je suis employé au ministère de la Marine, où nos chefs, les commissaires, prennent au sérieux leurs galons d'officiers plumitifs pour nous traiter comme des gabiers[1]. — Ah! si tous les chefs étaient civils — mais je passe. — Donc j'apercevais de mon bureau un petit bout de ciel tout bleu où volaient des hirondelles; et il me venait des envies de danser au milieu de mes cartons noirs.

« Mon désir de liberté grandit tellement, que, malgré ma répugnance, j'allai trouver mon singe. C'était un petit grincheux toujours en colère. Je me dis malade. Il me regarda dans le nez et cria : — « Je n'en crois rien, monsieur. Enfin, allez-vous-en! Pensez-vous qu'un bureau peut marcher avec des employés pareils? »

« Mais je filai, je gagnai la Seine. Il faisait un temps comme aujourd'hui; et je pris la *Mouche* pour faire un tour à Saint-Cloud.

« Ah! monsieur! comme mon chef aurait dû m'en refuser la permission!

« Il me sembla que je me dilatais sous le soleil. J'aimais tout, le bateau, la rivière, les arbres, les maisons, mes voisins, tout. J'avais envie d'embrasser quelque chose, n'importe quoi : c'était l'amour qui préparait son piège.

« Tout à coup, au Trocadéro, une jeune fille monta avec un petit paquet à la main, et elle s'assit en face de moi.

« Elle était jolie, oui, monsieur; mais c'est étonnant comme les femmes vous semblent mieux quand il fait beau, au premier printemps : elles ont un capiteux, un charme, un je ne sais quoi tout particulier. C'est absolument comme du vin qu'on boit après le fromage.

« Je la regardais, et elle aussi elle me regardait — mais seulement de temps en temps, comme la vôtre tout à l'heure. Enfin, à force de nous considérer, il me sembla que nous nous connaissions assez pour entamer conversation et je lui parlai. Elle répondit. Elle

était gentille comme tout, décidément. Elle me grisait,
mon cher monsieur !

« A Saint-Cloud, elle descendit — je la suivis. — Elle
allait livrer une commande. Quand elle reparut, le
bateau venait de partir. Je me mis à marcher à côté
d'elle, et la douceur de l'air nous arrachait des soupirs à
tous les deux.

— « Il ferait bien bon dans les bois », lui dis-je.

« Elle répondit : — « Oh ! oui ! »

— « Si nous allions y faire un tour, voulez-vous,
mademoiselle ? »

« Elle me guetta en dessous d'un coup d'œil rapide
comme pour bien apprécier ce que je valais, puis, après
avoir hésité quelque temps, elle accepta. Et nous voilà
côte à côte au milieu des arbres. Sous le feuillage un peu
grêle encore, l'herbe, haute, drue, d'un vert luisant,
comme vernie, était inondée de soleil et pleine de petites
bêtes qui s'aimaient aussi. On entendait partout des
chants d'oiseaux. Alors ma compagne se mit à courir en
gambadant, enivrée d'air et d'effluves champêtres. Et
moi je courais derrière en sautant comme elle. Est-on
bête, monsieur, par moments !

« Puis elle chanta éperdument mille choses, des airs
d'opéra, la chanson de Musette[1] ! La chanson de
Musette ! comme elle me sembla poétique alors !... Je
pleurais presque. Oh ! ce sont toutes ces balivernes-là
qui nous troublent la tête ; ne prenez jamais, croyez-
moi, une femme qui chante à la campagne, surtout si
elle chante la chanson de Musette !

« Elle fut bientôt fatiguée et s'assit sur un talus vert.
Moi, je me mis à ses pieds, et je lui saisis les mains, ses
petites mains poivrées de coups d'aiguille ; et cela
m'attendrit. Je me disais : — « Voici les saintes marques
du travail. » — Oh ! monsieur, monsieur, savez-vous ce
qu'elles signifient, les saintes marques du travail ? Elles
veulent dire tous les commérages de l'atelier, les polis-
sonneries chuchotées, l'esprit souillé par toutes les
ordures racontées, la chasteté perdue, toute la sottise

des bavardages, toute la misère des habitudes quotidiennes, toute l'étroitesse des idées propres aux
femmes du commun, installées souverainement dans
celle qui porte au bout des doigts les saintes marques
du travail[1].

« Puis nous nous sommes regardés dans les yeux
longuement.

« Oh! cet œil de la femme, quelle puissance il a!
Comme il trouble, envahit, possède, domine! Comme
il semble profond, plein de promesses, d'infini! On
appelle cela se regarder dans l'âme! Oh! monsieur,
quelle blague! Si l'on y voyait, dans l'âme, on serait
plus sage, allez.

« Enfin, j'étais emballé, fou. Je voulus la prendre
dans mes bras. Elle me dit : — « A bas les pattes! »

« Alors je m'agenouillai près d'elle et j'ouvris mon
cœur; je versai sur ses genoux toutes les tendresses
qui m'étouffaient. Elle parut étonnée de mon changement d'allure, et me considéra d'un regard oblique
comme si elle se fût dit : — Ah! c'est comme ça qu'on
joue de toi, mon bon; eh bien! nous allons voir.

« En amour, monsieur, nous sommes toujours des
naïfs, et les femmes des commerçantes.

« J'aurais pu la posséder, sans doute; j'ai compris
plus tard ma sottise, mais ce que je cherchais, moi, ce
n'était pas un corps; c'était de la tendresse, de l'idéal,
j'ai fait du sentiment quand j'aurais dû mieux
employer mon temps.

« Dès qu'elle en eut assez de mes déclarations, elle
se leva; et nous revînmes à Saint-Cloud. Je ne la
quittai qu'à Paris. Elle avait l'air si triste depuis notre
retour que je l'interrogeai. Elle répondit : — « Je pense
que voilà des journées comme on n'en a pas beaucoup
dans sa vie. » — Mon cœur battait à me défoncer la
poitrine.

« Je la revis le dimanche suivant, et encore le
dimanche d'après, et tous les autres dimanches. Je
l'emmenai à Bougival, Saint-Germain, Maisons-Laf-

fitte, Poissy ; partout où se déroulent les amours de banlieue.

« La petite coquine, à son tour, me « la faisait à la passion. »

« Je perdis enfin tout à fait la tête, et, trois mois après, je l'épousai.

« Que voulez-vous, monsieur, on est employé, seul, sans famille, sans conseils ! On se dit que la vie serait douce avec une femme ! Et on l'épouse, cette femme !

« Alors, elle vous injurie du matin au soir, ne comprend rien, ne sait rien, jacasse sans fin, chante à tue-tête la chanson de Musette (oh ! la chanson de Musette, quelle scie !), se bat avec le charbonnier, raconte à la concierge les intimités de son ménage, confie à la bonne du voisin tous les secrets de l'alcôve, débine son mari chez les fournisseurs, et a la tête farcie d'histoires si stupides, de croyances si idiotes, d'opinions si grotesques, de préjugés si prodigieux, que je pleure de découragement, monsieur, toutes les fois que je cause avec elle. »

Il se tut, un peu essoufflé et très ému. Je le regardais, pris de pitié pour ce pauvre diable naïf, et j'allais lui répondre quelque chose, quand le bateau s'arrêta. On arrivait à Saint-Cloud.

La petite femme qui m'avait troublé se leva pour descendre. Elle passa près de moi en me jetant un coup d'œil de côté avec un sourire furtif, un de ces sourires qui vous affolent ; puis elle sauta sur le ponton.

Je m'élançai pour la suivre, mais mon voisin me saisit par la manche. Je me dégageai d'un mouvement brusque ; il m'empoigna par les pans de ma redingote, et il me tirait en arrière en répétant : — « Vous n'irez pas ! vous n'irez pas ! » d'une voix si haute, que tout le monde se retourna.

Un rire courut autour de nous, et je demeurai immobile, furieux, mais sans audace devant le ridicule et le scandale.

Et le bateau repartit.

La petite femme, restée sur le ponton, me regardait m'éloigner d'un air désappointé, tandis que mon persécuteur me soufflait dans l'oreille en se frottant les mains :

— Je vous ai rendu là un rude service, allez.

# LA FEMME DE PAUL[1]

Le restaurant Grillon[2], ce phalanstère des canotiers, se vidait lentement. C'était, devant la porte, un tumulte de cris, d'appels ; et les grands gaillards en maillot blanc gesticulaient avec des avirons sur l'épaule.

Les femmes, en claire toilette de printemps, embarquaient avec précaution dans les yoles, et, s'asseyant à la barre, disposaient leurs robes, tandis que le maître de l'établissement, un fort garçon à barbe rousse, d'une vigueur célèbre, donnait la main aux belles petites en maintenant d'aplomb les frêles embarcations[3].

Les rameurs prenaient place à leur tour, bras nus et la poitrine bombée, posant pour la galerie, une galerie composée de bourgeois endimanchés, d'ouvriers et de soldats accoudés sur la balustrade du pont et très attentifs à ce spectacle.

Les bateaux, un à un, se détachaient du ponton. Les tireurs se penchaient en avant, puis se renversaient d'un mouvement régulier ; et, sous l'impulsion des longues rames recourbées, les yoles rapides glissaient sur la rivière, s'éloignaient, diminuaient, disparaissaient enfin sous l'autre pont, celui du chemin de fer, en descendant vers la *Grenouillère*[4].

Un couple seul était resté. Le jeune homme, presque imberbe encore, mince, le visage pâle, tenait par la taille sa maîtresse, une petite brune maigre avec des allures de sauterelle ; et ils se regardaient parfois au fond des yeux.

Le patron cria : — « Allons, monsieur Paul, dépêchez-vous. » Et ils s'approchèrent.

De tous les clients de la maison, M. Paul était le plus aimé et le plus respecté. Il payait bien et régulièrement, tandis que les autres se faisaient longtemps tirer l'oreille à moins qu'ils ne disparussent, insolvables. Puis il constituait pour l'établissement une sorte de réclame vivante, car son père était sénateur. Et quand un étranger demandait : — « Qui est-ce donc ce petit-là, qui en tient si fort pour sa donzelle ? » quelque habitué répondait à mi-voix, d'un air important et mystérieux : — « C'est Paul Baron, vous savez ? le fils du sénateur. » — Et l'autre, invariablement, ne pouvait s'empêcher de dire : — « Le pauvre diable ! il n'est pas à moitié pincé. »

La mère Grillon, une brave femme, entendue au commerce, appelait le jeune homme et sa compagne : « ses deux tourtereaux », et semblait tout attendrie par cet amour avantageux pour sa maison.

Le couple s'en venait à petits pas ; la yole *Madeleine* était prête ; mais, au moment de monter dedans, ils s'embrassèrent, ce qui fit rire le public amassé sur le pont. Et M. Paul, prenant ses rames, partit aussi pour la Grenouillère.

Quand ils arrivèrent, il allait être trois heures, et le grand café flottant regorgeait de monde.

L'immense radeau, couvert d'un toit goudronné que supportent des colonnes de bois, est relié à l'île charmante de Croissy par deux passerelles dont l'une pénètre au milieu de cet établissement aquatique, tandis que l'autre en fait communiquer l'extrémité avec un îlot minuscule planté d'un arbre et surnommé le « Pot-à-fleurs [1] », et, de là, gagne la terre auprès du bureau des bains.

M. Paul attacha son embarcation le long de l'établissement, il escalada la balustrade du café, puis, prenant les mains de sa maîtresse, il l'enleva et tous deux s'assirent au bout d'une table, face à face.

De l'autre côté du fleuve, sur le chemin de halage, une longue file d'équipages s'alignait. Les fiacres alternaient avec des fines voitures de gommeux [1] : les uns lourds, au ventre énorme écrasant les ressorts, attelés d'une rosse au cou tombant, aux genoux cassés ; les autres sveltes, élancés sur des roues minces, avec des chevaux aux jambes grêles et tendues, au cou dressé, au mors neigeux d'écume, tandis que le cocher, gourmé dans sa livrée, la tête raide en son grand col, demeurait les reins inflexibles et le fouet sur un genou.

La berge était couverte de gens qui s'en venaient par familles, ou par bandes, ou deux par deux, ou solitaires. Ils arrachaient des brins d'herbe, descendaient jusqu'à l'eau, remontaient sur le chemin, et tous arrivés au même endroit, s'arrêtaient, attendant le passeur. Le lourd bachot allait sans fin d'une rive à l'autre, déchargeant dans l'île ses voyageurs.

Le bras de la rivière (qu'on appelle le bras mort), sur lequel donne ce ponton à consommations, semblait dormir, tant le courant était faible. Des flottes de yoles, de skifs, de périssoires, de podoscaphes, de gigs [2], d'embarcations de toute forme et de toute nature, filaient sur l'onde immobile, se croisant, se mêlant, s'abordant, s'arrêtant brusquement d'une secousse des bras pour s'élancer de nouveau sous une brusque tension des muscles, et glisser vivement comme de longs poissons jaunes ou rouges.

Il en arrivait d'autres sans cesse : les unes de Chatou, en amont ; les autres de Bougival, en aval, et des rires allaient sur l'eau d'une barque à l'autre, des appels, des interpellations ou des engueulades. Les canotiers exposaient à l'ardeur du jour la chair brunie et bosselée de leurs biceps ; et, pareilles à des fleurs étranges, à des fleurs qui nageraient, les ombrelles de soie rouge, verte, bleue ou jaune des barreuses s'épanouissaient à l'arrière des canots.

Un soleil de juillet flambait au milieu du ciel ; l'air

semblait plein d'une gaieté brûlante ; aucun frisson de brise ne remuait les feuilles des saules et des peupliers.

Là-bas, en face, l'inévitable Mont-Valérien étageait dans la lumière crue ses talus fortifiés ; tandis qu'à droite, l'adorable coteau de Louveciennes, tournant avec le fleuve, s'arrondissait en demi-cercle, laissant passer par places, à travers la verdure puissante et sombre des grands jardins, les blanches murailles des maisons de campagne.

Aux abords de la Grenouillère, une foule de promeneurs circulait sous les arbres géants qui font de ce coin d'île le plus délicieux parc du monde. Des femmes, des filles aux cheveux jaunes, aux seins démesurément rebondis, à la croupe exagérée, au teint plâtré de fard, aux yeux charbonnés, aux lèvres sanguinolentes, lacées, sanglées en des robes extravagantes, traînaient sur les frais gazons le mauvais goût criard de leurs toilettes ; tandis qu'à côté d'elles des jeunes gens posaient en leurs accoutrements de gravures de modes, avec des gants clairs, des bottes vernies, des badines grosses comme un fil et des monocles ponctuant la niaiserie de leur sourire.

L'île est étranglée juste à la Grenouillère, et sur l'autre bord, où un bac aussi fonctionne amenant sans cesse les gens de Croissy, le bras rapide, plein de tourbillons, de remous, d'écume, roule avec des allures de torrent. Un détachement de pontonniers, en uniforme d'artilleurs, est campé sur cette berge, et les soldats, assis en ligne sur une longue poutre, regardaient l'eau couler.

Dans l'établissement flottant, c'était une cohue furieuse et hurlante. Les tables de bois, où les consommations répandues faisaient de minces ruisseaux poisseux, étaient couvertes de verres à moitié vides et entourées de gens à moitié gris. Toute cette foule criait, chantait, braillait. Les hommes, le chapeau en arrière, la face rougie, avec des yeux luisants d'ivrognes, s'agitaient en vociférant par un besoin de tapage naturel aux brutes. Les femmes, cherchant une proie pour le soir, se faisaient payer à boire en attendant ; et, dans l'espace libre entre les tables, dominait le public ordinaire du lieu, un bataillon de canotiers *chahuteurs*[1] avec leurs compagnes en courte jupe de flanelle.

Un d'eux se démenait au piano et semblait jouer des pieds et des mains; quatre couples bondissaient un quadrille; et des jeunes gens les regardaient, élégants, corrects, qui auraient semblé comme il faut si la tare, malgré tout, n'eût apparu.

Car on sent là, à pleines narines, toute l'écume du monde, toute la crapulerie distinguée, toute la moisissure de la société parisienne : mélange de calicots[2], de cabotins, d'infimes journalistes, de gentilshommes en curatelle, de boursicotiers véreux, de noceurs tarés, de vieux viveurs pourris; cohue interlope de tous les êtres suspects, à moitié connus, à moitié perdus, à moitié salués, à moitié déshonorés, filous, fripons, procureurs de femmes, chevaliers d'industrie à l'allure digne, à l'air matamore qui semble dire : « Le premier qui me traite de gredin, je le crève. »

Ce lieu sue la bêtise, pue la canaillerie et la galanterie de bazar. Mâles et femelles s'y valent. Il y flotte une odeur d'amour, et l'on s'y bat pour un oui ou pour un non, afin de soutenir des réputations vermoulues que les coups d'épée et les balles de pistolet ne font que crever davantage[3].

Quelques habitants des environs y passent en curieux, chaque dimanche; quelques jeunes gens, très jeunes, y apparaissent chaque année, apprenant à vivre. Des promeneurs, flânant, s'y montrent; quelques naïfs s'y égarent.

C'est, avec raison, nommé la *Grenouillère*. À côté du radeau couvert où l'on boit, et tout près du « Pot-à-fleurs », on se baigne. Celles des femmes dont les rondeurs sont suffisantes viennent là montrer à nu leur étalage et faire le client. Les autres, dédaigneuses, bien qu'amplifiées par le coton, étayées de ressorts, redressées par-ci, modifiées par-là, regardent d'un air méprisant barboter leurs sœurs.

Sur une petite plate-forme, les nageurs se pressent pour piquer leur tête. Ils sont longs comme des échalas, ronds comme des citrouilles, noueux comme des branches d'olivier, courbés en avant ou rejetés en arrière par l'ampleur du ventre, et, invariablement laids, ils sautent dans l'eau qui rejaillit jusque sur les buveurs du café.

Malgré les arbres immenses penchés sur la maison flottante et malgré le voisinage de l'eau, une chaleur suffocante emplissait ce lieu. Les émanations des liqueurs répandues se mêlaient à l'odeur des corps et à celle des parfums violents dont la peau des marchandes d'amour est pénétrée et qui s'évaporaient dans cette fournaise. Mais sous toutes ces senteurs diverses flottait un arôme léger de poudre de riz qui parfois disparaissait, reparaissait, qu'on retrouvait toujours, comme si quelque main cachée eût secoué dans l'air une houppe invisible.

Le spectacle était sur le fleuve, où le va-et-vient incessant des barques tirait les yeux. Les canotières s'étalaient dans leur fauteuil en face de leurs mâles aux forts poignets, et elles considéraient avec mépris les quêteuses de dîners rôdant par l'île.

Quelquefois, quand une équipe lancée passait à toute vitesse, les amis descendus à terre poussaient des cris, et tout le public, subitement pris de folie, se mettait à hurler.

Au coude de la rivière, vers Chatou, se montraient sans cesse des barques nouvelles. Elles approchaient, grandissaient, et, à mesure qu'on reconnaissait les visages, d'autres vociférations partaient.

Un canot couvert d'une tente et monté par quatre femmes descendait lentement le courant. Celle qui ramait était petite, maigre, fanée, vêtue d'un costume de mousse avec ses cheveux relevés sous un chapeau ciré. En face d'elle, une grosse blondasse habillée en homme, avec un veston de flanelle blanche, se tenait couchée sur le dos au fond du bateau, les jambes en l'air sur le banc des deux côtés de la rameuse, et elle fumait une cigarette, tandis qu'à chaque effort des avirons sa poitrine et son ventre frémissaient, ballottés par la secousse. Tout à l'arrière, sous la tente, deux belles filles grandes et minces, l'une brune et l'autre blonde, se tenaient par la taille en regardant sans cesse leurs compagnes.

Un cri partit de la Grenouillère : « V'là Lesbos ! » et, tout à coup, ce fut une clameur furieuse ; une bousculade effrayante eut lieu ; les verres tombaient ; on montait sur les tables ; tous, dans un délire de bruit, vociféraient : « Lesbos ! Lesbos ! Lesbos ! » Le cri roulait, devenait indistinct, ne formait plus qu'une sorte de hurlement effroyable, puis, soudain, il semblait s'élancer de nouveau, monter par l'espace, couvrir la plaine, emplir le feuillage épais des grands arbres, s'étendre aux lointains coteaux, aller jusqu'au soleil.

La rameuse, devant cette ovation, s'était arrêtée tranquillement. La grosse blonde étendue au fond du canot tourna la tête d'un air nonchalant, se soulevant sur les coudes ; et les deux belles filles, à l'arrière, se mirent à rire en saluant la foule.

Alors la vocifération redoubla, faisant trembler l'établissement flottant. Les hommes levaient leurs chapeaux, les femmes agitaient leurs mouchoirs, et toutes les voix, aiguës ou graves, criaient ensemble : « Lesbos ! » On eût dit que ce peuple, ce ramassis de corrompus, saluait un chef, comme ces escadres qui tirent le canon quand un amiral passe sur leur front.

La flotte nombreuse des barques acclamait aussi le canot des femmes, qui repartit de son allure somnolente pour aborder un peu plus loin.

M. Paul, au contraire des autres, avait tiré une clef de sa poche, et, de toute sa force, il sifflait. Sa maîtresse, nerveuse, pâlie encore, lui tenait le bras pour le faire taire et elle le regardait cette fois avec une rage dans les yeux. Mais lui semblait exaspéré, comme soulevé par une jalousie d'homme, par une fureur profonde, instinctive, désordonnée. Il balbutia, les lèvres tremblantes d'indignation :

— C'est honteux ! on devrait les noyer comme des chiennes avec une pierre au cou.

Mais Madeleine, brusquement, s'emporta ; sa petite voix aigre devint sifflante, et elle parlait avec volubilité, comme pour plaider sa propre cause :

— Est-ce que ça te regarde, toi ? Sont-elles pas libres de faire ce qu'elles veulent, puisqu'elles ne doivent rien à personne ? Fiche-nous la paix avec tes manières et mêle-toi de tes affaires...

Mais il lui coupa la parole.

— C'est la police que ça regarde, et je les ferai flanquer à Saint-Lazare [1], moi !

Elle eut un soubresaut :

— Toi ?

— Oui, moi ! Et, en attendant je te défends de leur parler, tu entends, je te le défends.

Alors elle haussa les épaules, et calmée tout à coup :

— Mon petit, je ferai ce qui me plaira ; si tu n'es pas content, file, et tout de suite. Je ne suis pas ta femme, n'est-ce pas ? Alors tais-toi.

Il ne répondit pas et ils restèrent face à face, avec la bouche crispée et la respiration rapide.

A l'autre bout du grand café de bois, les quatre femmes faisaient leur entrée. Les deux costumées en hommes marchaient devant : l'une maigre, pareille à un garçonnet vieillot, avec des teintes jaunes sur les tempes ; l'autre, emplissant de sa graisse ses vêtements de flanelle blanche, bombant de sa croupe le large pantalon, se balançant comme une oie grasse, ayant les cuisses énormes et les genoux rentrés. Leurs deux amies les suivaient et la foule des canotiers venait leur serrer les mains.

Elles avaient loué toutes les quatre un petit chalet au bord de l'eau, et elles vivaient là, comme auraient vécu deux ménages.

Leur vice était public, officiel, patent. On en parlait

comme d'une chose naturelle, qui les rendait presque sympathiques, et l'on chuchotait tout bas des histoires étranges, des drames nés de furieuses jalousies féminines, et des visites secrètes de femmes connues, d'actrices, à la petite maison du bord de l'eau.

Un voisin, révolté de ces bruits scandaleux, avait prévenu la gendarmerie, et le brigadier, suivi d'un homme, était venu faire une enquête. La mission était délicate ; on ne pouvait, en somme, rien reprocher à ces femmes, qui ne se livraient point à la prostitution. Le brigadier, fort perplexe, ignorant même à peu près la nature des délits soupçonnés, avait interrogé à l'aventure, et fait un rapport monumental concluant à l'innocence.

On en avait ri jusqu'à Saint-Germain.

Elles traversaient à petits pas, comme des reines, l'établissement de la Grenouillère ; et elles semblaient fières de leur célébrité, heureuses des regards fixés sur elles, supérieures à cette foule, à cette tourbe, à cette plèbe.

Madeleine et son amant les regardaient venir, et dans l'œil de la fille une flamme s'allumait.

Lorsque les deux premières furent au bout de la table, Madeleine cria : — « Pauline ! » La grosse se retourna, s'arrêta, tenant toujours le bras de son moussaillon femelle.

— Tiens ! Madeleine... Viens donc me parler, ma chérie.

Paul crispa ses doigts sur le poignet de sa maîtresse ; mais elle lui dit d'un tel air : — « Tu sais, mon p'tit, tu peux filer », qu'il se tut et resta seul.

Alors elles causèrent tout bas, debout, toutes les trois. Des gaietés heureuses passaient sur leurs lèvres ; elles parlaient vite ; et Pauline, par instants, regardait Paul à la dérobée avec un sourire narquois et méchant.

A la fin, n'y tenant plus, il se leva soudain et fut près d'elle d'un élan, tremblant de tous ses membres.

Il saisit Madeleine par les épaules : — « Viens, je le veux, dit-il, je t'ai défendu de parler à ces gueuses. »

Mais Pauline éleva la voix et se mit à l'engueuler avec son répertoire de poissarde. On riait alentour, on s'approchait ; on se haussait sur le bout des pieds afin de mieux voir, et lui restait interdit sous cette pluie d'injures fangeuses ; il lui semblait que les mots sortant de cette bouche et tombant sur lui le salissaient comme des ordures, et, devant le scandale qui commençait, il recula, retourna sur ses pas, et s'accouda sur la balustrade vers le fleuve, le dos tourné aux trois femmes victorieuses.

Il resta là, regardant l'eau, et parfois, avec un geste rapide, comme s'il l'eût arrachée, il enlevait d'un doigt nerveux une larme formée au coin de son œil.

C'est qu'il aimait éperdument, sans savoir pourquoi, malgré ses instincts délicats, malgré sa raison, malgré sa volonté même. Il était tombé dans cet amour comme on tombe dans un trou bourbeux. D'une nature attendrie et fine, il avait rêvé des liaisons exquises, idéales et passionnées ; et voilà que ce petit criquet de femme, bête, comme toutes les filles, d'une bêtise exaspérante, pas jolie même, maigre et rageuse, l'avait pris, captivé, possédé des pieds à la tête, corps et âme. Il subissait cet ensorcellement féminin, mystérieux et tout-puissant, cette force inconnue, cette domination prodigieuse, venue on ne sait d'où, du démon de la chair, et qui jette l'homme le plus sensé aux pieds d'une fille quelconque sans que rien en elle explique son pouvoir fatal et souverain.

Et là, derrière son dos, il sentait qu'une chose infâme s'apprêtait. Des rires lui entraient au cœur. Que faire ? Il le savait bien, mais ne le pouvait pas.

Il regardait fixement, sur la berge en face, un pêcheur à la ligne immobile.

Soudain le bonhomme enleva brusquement du fleuve un petit poisson d'argent qui frétillait au bout du fil. Puis il essaya de retirer son hameçon, le tordit, le tourna, mais en vain ; alors, pris d'impatience, il se mit à tirer, et tout le gosier saignant de la bête sortit avec un paquet d'entrailles. Et Paul frémit, déchiré lui-même jusqu'au cœur ; il lui sembla que cet hameçon c'était son amour, et que, s'il fallait l'arracher, tout ce qu'il avait dans la poitrine sortirait ainsi au bout d'un fer recourbé, accroché au fond de lui, et dont Madeleine tenait le fil.

Une main se posa sur son épaule ; il eut un sursaut, se tourna ; sa maîtresse était à son côté. Ils ne se parlèrent pas ; et elle s'accouda comme lui à la balustrade, les yeux fixés sur la rivière.

Il cherchait ce qu'il devait dire, et ne trouvait rien. Il ne parvenait même pas à démêler ce qui se passait en lui ; tout ce qu'il éprouvait, c'était une joie de la sentir là, près de lui, revenue, et une lâcheté honteuse, un besoin de pardonner tout, de tout permettre pourvu qu'elle ne le quittât point.

Enfin, au bout de quelques minutes, il lui demanda d'une voix très douce : — « Veux-tu que nous nous en allions ? il ferait meilleur dans le bateau. »

Elle répondit : « Oui, mon chat. »

Et il l'aida à descendre dans la yole, la soutenant, lui serrant les mains, tout attendri, avec quelques larmes encore dans les yeux. Alors elle le regarda en souriant et ils s'embrassèrent de nouveau.

Ils remontèrent le fleuve tout doucement, longeant la rive plantée de saules, couverte d'herbes, baignée et tranquille dans la tiédeur de l'après-midi.

Lorsqu'ils furent revenus au restaurant Grillon, il était à peine six heures ; alors, laissant leur yole, ils partirent à pied dans l'île, vers Bezons, à travers les prairies, le long des hauts peupliers qui bordent le fleuve.

Les grands foins, prêts à être fauchés, étaient remplis de fleurs. Le soleil qui baissait étalait dessus une nappe de lumière rousse, et, dans la chaleur adoucie du jour finissant, les flottantes exhalaisons de l'herbe se mêlaient aux humides senteurs du fleuve, imprégnaient l'air d'une langueur tendre, d'un bonheur léger, comme d'une vapeur de bien-être.

Une molle défaillance venait aux cœurs, et une espèce de communion avec cette splendeur calme du soir, avec ce vague et mystérieux frisson de vie épandue, avec cette poésie pénétrante, mélancolique, qui semblait sortir des plantes, des choses, s'épanouir, révélée aux sens en cette heure douce et recueillie.

Il sentait tout cela, lui ; mais elle ne le comprenait pas, elle. Ils marchaient côte à côte ; et soudain, lasse de se taire, elle chanta. Elle chanta de sa voix aigrelette et fausse quelque chose qui courait les rues, un air traînant dans les mémoires, qui déchira brusquement la profonde et sereine harmonie du soir.

Alors il la regarda, et il sentit entre eux un infranchissable abîme. Elle battait les herbes de son ombrelle, la tête un peu baissée, contemplant ses pieds, et chantant, filant des sons, essayant des roulades, osant des trilles.

Son petit front, étroit, qu'il aimait tant, était donc vide, vide ! Il n'y avait là-dedans que cette musique de serinette ; et les pensées qui s'y formaient par hasard étaient pareilles à cette musique. Elle ne comprenait rien de lui ; ils étaient plus séparés que s'ils ne vivaient pas ensemble. Ses baisers n'allaient donc jamais plus loin que les lèvres ?

Alors elle releva les yeux vers lui et sourit encore. Il fut remué jusqu'aux moelles, et, ouvrant les bras, dans un redoublement d'amour, il l'étreignit passionnément.

Comme il chiffonnait sa robe, elle finit par se dégager, en murmurant par compensation : — « Va, je t'aime bien, mon chat. »

Mais il la saisit par la taille, et, pris de folie, l'entraîna en courant et il l'embrassait sur la joue, sur la tempe, sur le cou, tout en sautant d'allégresse. Ils s'abattirent, haletants, au pied d'un buisson incendié par les rayons du soleil couchant, et, avant d'avoir repris haleine, ils s'unirent, sans qu'elle comprît son exaltation.

Ils revenaient en se tenant les deux mains quand

soudain, à travers les arbres, ils aperçurent sur la rivière le canot monté par les quatre femmes. La grosse Pauline aussi les vit, car elle se redressa, envoyant à Madeleine des baisers. Puis elle cria : — « A ce soir ! »

Madeleine répondit : — « A ce soir ! »

Paul crut sentir soudain son cœur enveloppé de glace. Et ils rentrèrent pour dîner.

Ils s'installèrent sous une des tonnelles au bord de l'eau et se mirent à manger en silence. Quand la nuit fut venue, on apporta une bougie, enfermée dans un globe de verre, qui les éclairait d'une lueur faible et vacillante ; et l'on entendait à tout moment les explosions de cris des canotiers dans la grande salle du premier.

Vers le dessert, Paul, prenant tendrement la main de Madeleine, lui dit : — « Je me sens très fatigué, ma mignonne ; si tu veux, nous nous coucherons de bonne heure. »

Mais elle avait compris la ruse et elle lui lança ce regard énigmatique, ce regard à perfidies qui apparaît si vite au fond de l'œil de la femme. Puis, après avoir réfléchi, elle répondit : — « Tu te coucheras si tu veux, moi j'ai promis d'aller au bal de la Grenouillère. »

Il eut un sourire lamentable, un de ces sourires dont on voile les plus horribles souffrances, mais il répondit d'un ton caressant et navré : — « Si tu étais bien gentille nous resterions tous les deux. » Elle fit « non » de la tête sans ouvrir la bouche. Il insista : — « T'en prie ! ma bichette. » Alors elle rompit brusquement : — « Tu sais ce que je t'ai dit. Si tu n'es pas content, la porte est ouverte. On ne te retient pas. Quant à moi, j'ai promis : j'irai. »

Il posa ses deux coudes sur la table, enferma son front dans ses mains, et resta là, rêvant douloureusement.

Les canotiers redescendirent en braillant toujours. Ils repartaient dans leurs yoles pour le bal de la Grenouillère.

Madeleine dit à Paul : — « Si tu ne viens pas, décide-toi, je demanderai à un de ces messieurs de me conduire. »

Paul se leva : — « Allons ! » murmura-t-il.

Et ils partirent.

La nuit était noire, pleine d'astres, parcourue par une haleine embrasée, par un souffle pesant, chargé d'ardeurs, de fermentations, de germes vifs qui, mêlés à la brise, l'alentissaient. Elle promenait sur les visages une caresse chaude, faisait respirer plus vite, haleter un peu, tant elle semblait épaissie et lourde.

Les yoles se mettaient en route, portant à l'avant une lanterne vénitienne. On ne distinguait point les embarcations, mais seulement ces petits falots de couleur, rapides et dansants, pareils à des lucioles en délire ; et des voix couraient dans l'ombre de tous côtés.

La yole des deux jeunes gens glissait doucement. Parfois, quand un bateau lancé passait près d'eux, ils apercevaient soudain le dos blanc du canotier éclairé par sa lanterne.

Lorsqu'ils eurent tourné le coude de la rivière, la Grenouillère leur apparut dans le lointain. L'établissement en fête était orné de girandoles, de guirlandes en veilleuses de couleur, de grappes de lumières. Sur la Seine circulaient lentement quelques gros bachots représentant des dômes, des pyramides, des monuments compliqués en feux de toutes nuances. Des festons enflammés traînaient jusqu'à l'eau ; et quelquefois un falot rouge ou bleu, au bout d'une immense canne à pêche invisible, semblait une grosse étoile balancée.

Toute cette illumination répandait une lueur alentour du café, éclairait de bas en haut les grands arbres de la berge dont le tronc se détachait en gris pâle, et les feuilles en vert laiteux, sur le noir profond des champs et du ciel.

L'orchestre, composé de cinq artistes de banlieue, jetait au loin sa musique de bastringue, maigre et sautillante, qui fit de nouveau chanter Madeleine.

Elle voulut tout de suite entrer. Paul désirait auparavant faire un tour dans l'île ; mais il dut céder.

L'assistance s'était épurée. Les canotiers presque

seuls restaient avec quelques bourgeois clairsemés et
quelques jeunes gens flanqués de filles. Le directeur et
organisateur de ce cancan [1], majestueux dans un habit
noir fatigué, promenait en tous sens sa tête ravagée de
vieux marchand de plaisirs publics à bon marché.

La grosse Pauline et ses compagnes n'étaient pas là ; et
Paul respira.

On dansait : les couples face à face cabriolaient
éperdument, jetaient leurs jambes en l'air jusqu'au nez
des vis-à-vis.

Les femelles, désarticulées des cuisses, bondissaient
dans un enveloppement de jupes révélant leurs dessous.
Leurs pieds s'élevaient au-dessus de leurs têtes avec une
facilité surprenante, et elles balançaient leurs ventres,
frétillaient de la croupe, secouaient leurs seins, répandant autour d'elles une senteur énergique de femmes en
sueur.

Les mâles s'accroupissaient comme des crapauds avec
des gestes obscènes, se contorsionnaient, grimaçants et
hideux, faisaient la roue sur les mains, ou bien, s'effor-
çant d'être drôles, esquissaient des manières avec une
grâce ridicule.

Une grosse bonne et deux garçons servaient les
consommations.

Ce café-bateau, couvert seulement d'un toit, n'ayant
aucune cloison qui le séparât du dehors, la danse
échevelée s'étalait en face de la nuit pacifique et du
firmament poudré d'astres.

Tout à coup le Mont-Valérien, là-bas, en face, sembla
s'éclairer comme si un incendie se fût allumé derrière.
La lueur s'étendit, s'accentua, envahissant peu à peu le
ciel, décrivant un grand cercle lumineux, d'une lumière
pâle et blanche. Puis quelque chose de rouge apparut,
grandit, d'un rouge ardent comme un métal sur
l'enclume. Cela se développait lentement en rond, semblait sortir de terre ; et la lune, se détachant bientôt de
l'horizon, monta doucement dans l'espace. A mesure
qu'elle s'élevait, sa nuance pourpre s'atténuait, devenait

jaune, d'un jaune clair, éclatant ; et l'astre paraissait diminuer à mesure qu'il s'éloignait.

Paul le regardait depuis longtemps, perdu dans cette contemplation, oubliant sa maîtresse. Quand il se retourna, elle avait disparu.

Il la chercha, mais ne la trouva pas. Il parcourait les tables d'un œil anxieux, allant et revenant sans cesse, interrogeant l'un et l'autre. Personne ne l'avait vue.

Il errait ainsi, martyrisé d'inquiétude, quand un des garçons lui dit : — « C'est madame Madeleine que vous cherchez ? Elle vient de partir tout à l'heure en compagnie de madame Pauline. » Et, au même moment, Paul apercevait, debout à l'autre extrémité du café, le mousse et les deux belles filles, toutes trois liées par la taille, et qui le guettaient en chuchotant.

Il comprit, et, comme un fou, s'élança dans l'île.

Il courut d'abord vers Chatou, mais, devant la plaine, il retourna sur ses pas. Alors il se mit à fouiller l'épaisseur des taillis, à vagabonder éperdument, s'arrêtant parfois pour écouter.

Les crapauds, par tout l'horizon, lançaient leur note métallique et courte.

Vers Bougival un oiseau inconnu modulait quelques sons qui arrivaient affaiblis par la distance. Sur les larges gazons la lune versait une molle clarté, comme une poussière de ouate ; elle pénétrait les feuillages, faisait couler sa lumière sur l'écorce argentée des peupliers, criblait de sa pluie brillante les sommets frémissants des grands arbres. La grisante poésie de cette soirée d'été entrait dans Paul malgré lui, traversait son angoisse affolée, remuait son cœur avec une ironie féroce, développant jusqu'à la rage en son âme douce et contemplative ses besoins d'idéale tendresse, d'épanchements passionnés dans le sein d'une femme adorée et fidèle.

Il fut contraint de s'arrêter, étranglé par des sanglots précipités, déchirants.

La crise passée, il repartit.

Soudain il reçut comme un coup de couteau ; on s'embrassait, là, derrière ce buisson. Il y courut ; c'était un couple amoureux, dont les deux silhouettes s'éloignèrent vivement à son approche, enlacées, unies dans un baiser sans fin.

Il n'osait pas appeler, sachant bien qu'Elle ne répondrait point ; et il avait aussi une peur affreuse de les découvrir tout à coup.

Les ritournelles des quadrilles avec les solos déchirants du piston, les rires faux de la flûte, les rages aiguës du violon lui tiraillaient le cœur, exaspérant sa souffrance. La musique enragée, boitillante, courait sous les arbres, tantôt affaiblie, tantôt grossie dans un souffle passager de brise.

Tout à coup il se dit qu'Elle était revenue peut-être ? Oui ! elle était revenue ! pourquoi pas ? Il avait perdu la tête sans raison, stupidement emporté par ses terreurs, par les soupçons désordonnés qui l'envahissaient depuis quelque temps.

Et, saisi par une de ces accalmies singulières qui traversent parfois les plus grands désespoirs, il retourna vers le bal.

D'un coup d'œil il parcourut la salle. Elle n'était pas là. Il fit le tour des tables, et brusquement se tourna de nouveau face à face avec les trois femmes. Il avait apparemment une figure désespérée et drôle, car toutes trois ensemble éclatèrent de gaieté.

Il se sauva, repartit dans l'île, se rua à travers les taillis, haletant. — Puis il écouta de nouveau — il écouta longtemps, car ses oreilles bourdonnaient ; mais, enfin, il crut entendre un peu plus loin un petit rire perçant qu'il connaissait bien ; et il avança tout doucement, rampant, écartant les branches, la poitrine tellement secouée par son cœur qu'il ne pouvait respirer.

Deux voix murmuraient des paroles qu'il n'entendait pas encore. Puis elles se turent.

Alors il eut une envie immense de fuir, de ne pas voir, de ne pas savoir, de se sauver pour toujours, loin de cette

passion furieuse qui le ravageait. Il allait retourner à
Chatou, prendre le train, et ne reviendrait plus, ne la
reverrait plus jamais. Mais son image brusquement
l'envahit, et il l'aperçut dans sa pensée quand elle
s'éveillait au matin, dans leur lit tiède, se pressait câline
contre lui, jetant ses bras à son cou, avec ses cheveux
répandus, un peu mêlés sur le front, avec ses yeux
fermés encore et ses lèvres ouvertes pour le premier
baiser ; et le souvenir subit de cette caresse matinale
l'emplit d'un regret frénétique et d'un désir forcené.

On parlait de nouveau ; et il s'approcha, courbé en
deux. Puis un léger cri courut sous les branches tout près
de lui. Un cri ! Un de ces cris d'amour qu'il avait appris à
connaître aux heures éperdues de leur tendresse. Il
avançait encore, toujours, comme malgré lui, attiré
invinciblement, sans avoir conscience de rien... et il les
vit.

Oh ! si c'eût été un homme, l'autre ! mais cela ! cela ! Il
se sentait enchaîné par leur infamie même. Et il restait
là, anéanti, bouleversé, comme s'il eût découvert tout à
coup un cadavre cher et mutilé, un crime contre nature,
monstrueux, une immonde profanation.

Alors, dans un éclair de pensée involontaire, il songea
au petit poisson dont il avait vu arracher les entrailles...
Mais Madeleine murmura : « Pauline ! » du même ton
passionné qu'elle disait : « Paul ! » et il fut traversé
d'une telle douleur qu'il s'enfuit de toutes ses forces.

Il heurta deux arbres, tomba sur une racine, repartit,
et se trouva soudain devant le fleuve, devant le bras
rapide éclairé par la lune. Le courant torrentueux faisait
de grands tourbillons où se jouait la lumière. La berge
haute dominait l'eau comme une falaise, laissant à son
pied une large bande obscure où les remous s'enten-
daient dans l'ombre.

Sur l'autre rive, les maisons de campagne de Croissy
s'étageaient en pleine clarté.

Paul vit tout cela comme dans un songe, comme à
travers un souvenir ; il ne songeait à rien, ne comprenait

rien, et toutes les choses, son existence même, lui apparaissaient vaguement, lointaines, oubliées, finies.

Le fleuve était là. Comprit-il ce qu'il faisait ? Voulut-il mourir ? Il était fou. Il se retourna cependant vers l'île, vers Elle ; et, dans l'air calme de la nuit où dansaient toujours les refrains affaiblis et obstinés du bastringue, il lança d'une voix désespérée, suraiguë, surhumaine, un effroyable cri : — « Madeleine ! »

Son appel déchirant traversa le large silence du ciel, courut par tout l'horizon.

Puis, d'un bond formidable, d'un bond de bête, il sauta dans la rivière. L'eau jaillit, se referma, et, de la place où il avait disparu, une succession de grands cercles partit, élargissant jusqu'à l'autre berge leurs ondulations brillantes.

Les deux femmes avaient entendu. Madeleine se dressa : — « C'est Paul. » — Un soupçon surgit en son âme. — « Il s'est noyé », dit-elle. Et elle s'élança vers la rive, où la grosse Pauline la rejoignit.

Un lourd bachot monté par deux hommes tournait et retournait sur place. Un des bateliers ramait, l'autre enfonçait dans l'eau un grand bâton et semblait chercher quelque chose. Pauline cria : — « Que faites-vous ? Qu'y a-t-il ? » Une voix inconnue répondit : — « C'est un homme qui vient de se noyer. »

Les deux femmes, pressées l'une contre l'autre, hagardes, suivaient les évolutions de la barque. La musique de la Grenouillère folâtrait toujours au loin, semblait accompagner en cadence les mouvements des sombres pêcheurs ; et la rivière qui cachait maintenant un cadavre, tournoyait, illuminée.

Les recherches se prolongeaient. L'attente horrible faisait grelotter Madeleine. Enfin, après une demi-heure au moins, un des hommes annonça : — « Je le tiens ! » Et il fit remonter sa longue gaffe doucement, tout doucement. Puis quelque chose de gros apparut à la surface de l'eau. L'autre marinier quitta ses rames, et tous deux, unissant leurs forces, halant sur la masse inerte, la firent culbuter dans leur bateau.

Ensuite ils gagnèrent la terre, en cherchant une place éclairée et basse. Au moment où ils abordaient, les femmes arrivaient aussi.

Dès qu'elle le vit, Madeleine recula d'horreur. Sous la lumière de la lune, il semblait vert déjà, avec sa bouche, ses yeux, son nez, ses habits pleins de vase. Ses doigts fermés et raidis étaient affreux. Une espèce d'enduit noirâtre et liquide couvrait tout son corps. La figure paraissait enflée, et de ses cheveux collés par le limon une eau sale coulait sans cesse.

Les deux hommes l'examinèrent.

— Tu le connais ? dit l'un.

L'autre, le passeur de Croissy, hésitait : — « Oui, il me semble bien que j'ai vu cette tête-là ; mais tu sais, comme ça, on ne reconnaît pas bien. » — Puis, soudain : — « Mais c'est monsieur Paul ! »

— Qui ça, monsieur Paul ? demanda son camarade.

Le premier reprit :

— Mais monsieur Paul Baron, le fils du sénateur, ce p'tit qu'était si amoureux.

L'autre ajouta philosophiquement :

— Eh bien, il a fini de rigoler maintenant ; c'est dommage tout de même quand on est riche !

Madeleine sanglotait, tombée par terre. Pauline s'approcha du corps et demanda : — « Est-ce qu'il est bien mort ? — tout à fait ? »

Les hommes haussèrent les épaules : — « Oh ! après ce temps-là ! pour sûr ! »

Puis l'un d'eux interrogea : — « C'est chez Grillon qu'il logeait ? » — « Oui, reprit l'autre ; faut le reconduire, y aura de la braise [1]. »

Ils remontèrent dans leur bateau et repartirent, s'éloignant lentement à cause du courant rapide ; et longtemps encore après qu'on ne les vit plus de la place où les femmes étaient restées, on entendit tomber dans l'eau les coups réguliers des avirons.

Alors Pauline prit dans ses bras la pauvre Madeleine
éplorée, la câlina, l'embrassa longtemps, la consola : —
« Que veux-tu, ce n'est point ta faute, n'est-ce pas ? On
ne peut pourtant pas empêcher les hommes de faire des
bêtises. Il l'a voulu, tant pis pour lui, après tout ! » —
Puis, la relevant : — « Allons, ma chérie, viens-t'en
coucher à la maison : tu ne peux pas rentrer chez Grillon
ce soir. » — Elle l'embrassa de nouveau : — « Va, nous te
guérirons », dit-elle.

Madeleine se releva, et pleurant toujours, mais avec
des sanglots affaiblis, la tête sur l'épaule de Pauline,
comme réfugiée dans une tendresse plus intime et plus
sûre, plus familière et plus confiante, elle partit à tout
petits pas.

# DOSSIER

# CHRONOLOGIE

1850 — *5 août*. Naissance de Guy de Maupassant, au château de Miromesnil (Seine-Maritime). M. est fils de Gustave de Maupassant (1821-1900) et de Laure Le Poittevin (1821-1903). De cette union naît un autre garçon, Hervé, qui mourra fou (1856-1889). Le ménage Maupassant n'est pas très uni : une séparation à l'amiable est prononcée en 1863. Il n'y a pas lieu de s'arrêter à l'hypothèse, avancée par certains, selon laquelle Flaubert serait le père de Guy ; la seule vérité est que le frère aîné de Laure fut le grand ami de jeunesse de Gustave.

1851 — *2 décembre*. Coup d'État de Louis-Napoléon, futur Napoléon III en 1852.

1857 — Publication de *Madame Bovary* de Flaubert, et des *Fleurs du mal* de Baudelaire. L'année suivante : traduction française des *Récits d'un chasseur* de Tourgueniev.

1859-1860 — Guy est élève au lycée impérial Napoléon, à Paris (actuel lycée Henri-IV).

1863 — Pensionnaire à l'Institution ecclésiastique d'Yvetot. Il y reste jusqu'en 1868. Discipline et claustration lui pèsent. Premiers essais poétiques. « Salon des Refusés » (Manet, Pissarro, Cézanne, etc.).

1864 — Maupassant passe ses vacances dans la villa des Verguies, propriété de sa mère à Étretat. Il rencontre Swinburne (1866).

1868 — M. entre comme interne au lycée de Rouen. Il y fera ses classes de rhétorique et philosophie. Son correspondant est Louis Bouilhet, poète, ami de Flaubert.

1869 — *27 juillet*. M. est reçu bachelier ès lettres.
*Octobre*. Il s'inscrit à la Faculté de droit de Paris.
*Novembre* Flaubert : *L'Éducation sentimentale*.

1870 — *Juillet*. Guerre franco-prussienne. M. est appelé et versé dans l'Intendance ; il est affecté à Rouen.
*Septembre*. Défaite de Sedan ; déchéance de l'Empire, proclamation de la République ; siège de Paris. M. est muté de Rouen dans la capitale

1871 — *Mars-mai*. La Commune de Paris.
*Septembre*. M. se fait remplacer et quitte l'armée.
*Octobre*. Zola publie *La Fortune des Rougon*, premier volume de la série des *Rougon-Macquart*.
M., qui poursuit théoriquement ses études, cherche en fait du travail. Par ailleurs, il écrit et soumet ses essais à Flaubert. Il se livre aux plaisirs du canotage... et autres.

1872 — *Octobre*. Il est nommé surnuméraire au ministère de la Marine.

1873 — *Février*. M. est payé 125 francs par mois (il deviendra titulaire un an plus tard).
Les pouvoirs de Mac-Mahon sont prorogés pour sept ans; l'« ordre moral » va régner.
Dans les lettres : en poésie, de jeunes inconnus publient sans grande audience (Tristan Corbière, Charles Cros, Arthur Rimbaud); gros succès, en revanche, *Le Ventre de Paris*.
Pour la première fois, avec *Le Bon Bock*, Manet n'effarouche pas le public.

1874 — Par l'intermédiaire de Flaubert (qui publie *La Tentation de saint Antoine*), M. entre en relation avec Goncourt, Zola et quelques-uns de ceux qui deviendront les « naturalistes ».
Première exposition des « impressionnistes ».

1875 — Publication de « La Main d'écorché », premier conte de M. (sous le pseudonyme de Joseph Prunier). Il travaille à une pièce de théâtre *(La Comtesse de Rhune)* et compose, avec quelques camarades, une pièce fort libre, *A la feuille de rose*. *Maison turque*, qu'il représente en privé devant un auditoire qui compte Flaubert et Tourgueniev.
Grande époque des promenades en banlieue et des randonnées au bord de la Seine (Bezons, Bougival, Chatou, Croissy, « La Grenouillère »).

1876 — M. écrit *Une répétition* (pièce en un acte; jouée en 1904 seulement).
Sous le pseudonyme de Guy de Valmont, il publie des poèmes dans *La République des lettres*. Articles dans le quotidien *La Nation*.
L'équipe du futur « groupe de Médan » est désormais constituée (Zola, Huysmans, Alexis Hennique, Céard); il faut y ajouter Mendès et Mirbeau.

1877 — Crise politique *(mai)*; dissolution de la Chambre; les élections d'octobre amènent une majorité républicaine.
*Avril*. Dîner chez Trapp, autour de Flaubert, Goncourt et Zola, organisé par le jeune groupe de Médan.
*Été*. M. fait une cure dans le Valais, à Loèche.
Publication de *La Fille Élisa* de Goncourt et de *L'Assommoir* de Zola.

1878 — M. démissionne du ministère de la Marine et passe à celui de l'Instruction publique.

1879 — *Février*. Représentation d'*Histoire du vieux temps*, au troisième Théâtre français (théâtre Déjazet).

M. publie, dans *La Réforme* et dans le recueil de l'éditeur Tresse, *Saynètes et monologues*.

A l'*automne*, voyage en Bretagne et à Jersey.

*Novembre*. La reprise, par la *Revue moderne et naturaliste*, d'un poème paru en 1876 déclenche, quelques semaines plus tard, une information du parquet d'Étampes pour outrage à la morale publique.

M. travaille à « Boule de suif ».

*Décembre*. Il est nommé officier d'académie.

1880 — *Février*. Non-lieu dans l'affaire d'Étampes.

*Mars*. Troubles oculaires ; ils s'aggraveront d'année en année et s'accompagneront de violentes migraines.

*Avril*. Publication des *Soirées de Médan* (qui contient « Boule de suif ») ; succès considérable : M. est brusquement célèbre. Le même mois, son recueil *Des vers* paraît chez Charpentier.

*8 mai*. Mort de Flaubert.

*Juin*. Sollicite un congé ; en fait, il ne reprendra jamais son emploi au ministère et vivra de sa plume. Il va, notamment, collaborer au *Gaulois*. C'est, avec *Gil Blas*, le quotidien dans lequel se retrouve la majorité de ses contes et chroniques (parfois sous des pseudonymes : Chaudrons du Diable ou Maufrigneuse). Au total, plus de trois cents contes et environ deux cents chroniques.

*Juillet*. Loi d'amnistie pour les condamnés de la Commune.

Le 14 juillet devient fête nationale.

*Septembre*. M. est en Corse. A son retour, en *octobre*, il est sollicité de participer au lancement d'une revue, *La Comédie humaine*, qui ne verra jamais le jour.

Cette année paraissent : *Le Roman expérimental* de Zola, et les *Pensées, maximes et fragments* de Schopenhauer (traduits par J. Bourdeau).

1881 — M. collabore à *La Nouvelle Revue* et à la *Revue bleue*.

*Mai*. Publication du recueil *La Maison Tellier*.

Soulèvements en Afrique du Nord ; en *juillet*, M. part pour l'Algérie. Il y effectue une sorte de reportage.

*Décembre*. Début de la collaboration de M. à *Gil Blas*.

1882 — Krach de l'Union Générale ; lois sur l'instruction obligatoire ; fondation de la Ligue des Patriotes par Déroulède.

Huysmans publie *A vau-l'eau*.

*Avril*. M. séjourne dans le Midi (Menton, Saint-Raphaël).

*Mai*. *Mademoiselle Fifi*, recueil de contes.

*Été*. Voyage en Bretagne.

1883 — Expédition du Tonkin.

Mort de Manet et de Tourgueniev. Publication des *Contes cruels* de Villiers de l'Isle-Adam et de *Ainsi parlait Zarathoustra* de Nietzsche.

M. publie : *Une vie*, roman, et les *Contes de la Bécasse*, recueil ; nouvelle édition de *Mademoiselle Fifi*.

*Février*. Naissance du premier des trois enfants naturels que M. a de Joséphine Litzelmann.

*Novembre*. François Tassart entre, comme valet de chambre, au service de M. Il sera le témoin minutieux, mais discuté, des dix dernières années de la vie de l'écrivain.

*Décembre*. Séjour à Cannes, qui se renouvellera, assez régulièrement, durant les années suivantes.

1884 — Une des années les plus fécondes en publications, contes et chroniques dans *Gil Blas* et *Le Gaulois*. Recueils : *Miss Harriet, Les Sœurs Rondoli, Clair de lune, Yvette*. Notes de voyage : *Au soleil*. *Préface* aux lettres de G. Flaubert à G. Sand.

Il travaille à *Bel-Ami*.

J.-K. Huysmans publie *A rebours*.

1885 — Chute du ministère Jules Ferry

Mort de Victor Hugo.

Zola publie *Germinal* et Laforgue *Les Complaintes*.

*Avril-mai*. Voyage en Italie et en Sicile.

M. achète un bateau qu'il baptise le « Bel-Ami », d'après le titre du roman qu'il publie, en *mai*, chez l'éditeur Havard.

*Juillet-août*. M. à Châtelguyon.

*Automne*. Séjour à Étretat.

Nouvelle édition des *Contes du jour et de la nuit*; publication de *Toine*.

1886 — Plusieurs événements littéraires ou artistiques importants : dernière exposition des Impressionnistes ; publication du *Manifeste* de Moréas sur le Symbolisme, des *Illuminations* de Rimbaud, de *Par-delà le bien et le mal* de Nietzsche, de *L'Œuvre* de Zola, de *La France juive* de Drumont.

M. publie deux recueils : *La Petite Roque* et *Monsieur Parent*.

*Mai*. Sous le nom transparent de Beaufrilan, Jean Lorrain offre, dans son roman *Très Russe*, un portrait peu flatté de Maupassant : « *C'est l'étalon modèle littéraire et plastique du grand haras Flaubert, Zola et Cie ; il roucoule et paonne* », etc. Un duel manque de peu de s'ensuivre.

*Juillet-octobre*. Séjours à Châtelguyon, Étretat, Antibes.

1887 — Crise boulangiste. Affaire Wilson ; démission de Jules Grévy.

*Janvier. Mont-Oriol*, roman.

M. fréquente la haute société et se lie avec un certain nombre de jeunes femmes (H. Lecomte du Noüy — depuis plusieurs années ; la comtesse Potocka ; Marie Kann).

*Mai. Le Horla*, recueil.

*Juillet*. Voyage en ballon de Paris en Hollande.

*Août*. Manifeste des Cinq contre *La Terre* de Zola ; il marque la fin de l' « école » naturaliste.

*Octobre*. M. s'embarque pour l'Afrique du Nord où il demeurera jusqu'en janvier 1888 Autres séjours, cette année-là : Antibes, Chatou, Étretat.

Hervé, frère de Guy, est interné une première fois.

1888 — *Janvier*. Publication de *Pierre et Jean*, précédé d'une importante préface sur « Le Roman ».

Publication de *Sur l'eau*, récits de voyages ; *Le Rosier de M^{me} Husson*, recueil de contes.

1889 — Année de l'Exposition universelle : « *Je ne suis pas créé pour ces plaisirs-là* », écrit M. Et il fuit la toute jeune tour Eiffel.

Séjours à Cannes, Étretat et en Italie.

*Mars. La Main gauche*, contes.

*Mai. Fort comme la mort*, roman.

*Août*. Internement et mort de son frère, Hervé.

Une nouvelle génération littéraire se lève : Barrès (qui a commencé à publier la série du *Culte du moi*) ; Claudel : *Tête d'Or ;* Jarry a déjà écrit le premier état d'*Ubu roi* et *Ubu cocu*.

1890 — La production littéraire de M. diminue.

Publie cependant : *Notre cœur*, roman ; *La Vie errante*, voyages, *L'Inutile Beauté*, contes.

Très nombreux séjours et déplacements : on croirait que M. tente de se fuir lui-même.

1891 — Jules Huret publie son *Enquête sur l'évolution littéraire ;* on y trouve le célèbre télégramme de Paul Alexis : « *Naturalisme pas mort. Lettre suit.* »

M. travaille à un roman qui restera inachevé : *L'Angélus*.

*Mars*. Première, au Gymnase, de *Musotte*, drame en 3 actes.

*Juin-août*. Luchon ; cures à Divonne et Champel (Suisse).

*Décembre*. M. rédige son testament.

1892 — *1^{er} janvier*. Tentative de suicide.

*7 janvier*. Il est conduit à la maison de santé du D^r Blanche à Passy. Une agonie d'un an commence, M. est syphilitique ; petit à petit, il est gagné par le délire et la paralysie générale.

1893 — *6 mars. La Paix du ménage*, pièce en 2 actes, est créée à la Comédie-Française.

*6 juillet*. Mort de Maupassant. Il est enterré le 8 au cimetière Montparnasse.

# NOTICE

C'est à la fin de l'année 1880 et au début de 1881, que Maupassant compose la nouvelle « La Maison Tellier ». Le manuscrit est achevé début mars. Le destinait-il à un quotidien pour lequel il eût été certainement trop long ? à une revue qui se fût sans doute plainte de son amoralité ? Ou bien envisageait-il, d'emblée, de l'adjoindre à un recueil ? On ne sait. En tout cas, il se montrait assez satisfait de sa nouvelle et la jugeait même supérieure à « Boule de suif ». Œuvre « raide et auda-cieuse » disait de son côté son éditeur. En effet, l'idée d'envoyer un contingent de prostituées assister à une première communion pouvait paraître délicate à traiter. Ses amis naturalistes, devant qui l'écrivain s'était ouvert de son projet, avaient crié à l'impossibilité de le mener à terme. De tels doutes ne rebutèrent pas Maupassant. D'ailleurs, la prostituée avait acquis ses lettres de noblesse dans la littérature naturaliste. Qu'on se rappelle *Marthe* de Huysmans (1876), *La Fille Élisa* d'Edmond de Goncourt (1877) et, en 1880, *Nana* d'Émile Zola et *La Fin de Lucie Pellegrin* de Paul Alexis.

Divers témoignages laissent supposer que Maupassant bâtit sa nou-velle à partir d'une anecdote réelle, ce qui est bien dans sa manière d'observateur des menus faits quotidiens. L'événement se serait passé non loin de Rouen ; quant à la « maison Tellier », elle aurait été située dans cette même ville, rue des Cordeliers. L'écrivain la transporte à Fécamp et place la première communion dans un village fictif. Les critiques, Zola le premier, virent bien que l'intérêt ne résidait pas dans l'anecdote pure et simple, mais dans « une note très humaine, remuant le fond même de la créature. Ces malheureuses agenouillées dans une église et sanglotant l'ont tenté comme un bel exemple de l'éducation de jeunesse reparaissant sous les habitudes si abominables qu'elles puis-sent être ». Et Zola précise : « Toute l'étude porte dès lors sur l'échappée de ces filles, sur leur jeunesse qui repousse au milieu des grandes herbes ».

Cette nouvelle donne son nom à un recueil qui parut en mai 1881, chez Victor Havard, un jeune éditeur qui avait l'ambition de concurrencer Charpentier, libraire attitré des naturalistes. Il flairait dans les œuvres de Maupassant une bonne affaire financière. Aussi ne traîna-t-il pas : entré en pourparlers au début de mars 1881, il mit aussitôt l'ouvrage en composition. Pour constituer son livre, Maupassant avait repris ou remanié un certain nombre de contes déjà écrits. Les uns vieux de quelques mois, voire de quelques années : « Le Papa de Simon », « En famille », « Sur l'eau » ; les autres tout récents : « Histoire d'une fille de ferme » et « Une partie de campagne ». Enfin, sans doute au dernier moment et pour donner au livre une taille normale, il adjoignit « Au printemps » et « La Femme de Paul » pour lesquels on ne connaît pas de publication préoriginale. L'ensemble était précédé d'une dédicace à Ivan Tourgueniev. Maupassant avait connu l'écrivain russe chez Flaubert et il admirait particulièrement ses contes et sa façon neuve d'aborder le fantastique.

*La Maison Tellier* rencontra immédiatement, auprès du public, un succès considérable qui entraîna plusieurs rééditions. Maupassant soigna son service de presse, n'oubliant ni les amis (Robert Pinchon, Gustave Toudouze, Mme Pasca), ni les maîtres (Edmond de Goncourt, Émile Zola), ni l'ancien chef du ministère de l'Instruction publique (Xavier Charmes), ni surtout les échotiers, feuilletonnistes et critiques susceptibles de parler de son livre (Armand d'Artois, René Maizeroy, Francis Magnard, etc.). Ce dernier, directeur du *Figaro*, se montra, comme toute la rédaction du journal, « indigné » et « scandalisé ». La maison Hachette, qui avait le monopole de la distribution des bibliothèques de gare, jugeait le volume inadmissible. Léon Chapron, dans *L'Événement*, qualifiait l'œuvre d' « ordure ». D'autres voix s'élevèrent pour rétablir l'équilibre. Celle de Zola, celle de Banville qui, plus tard, écrivit à Maupassant : « Vous faites voir les filles telles qu'elles sont, bêtes et sentimentales, sans les relever ou les flétrir, et en ne les traînant pas dans la boue, ni dans les étoiles. »

En 1891, alors que la vente diminuait, Maupassant profita de la fin de son contrat avec Havard pour traiter avec Ollendorff, en vue d'une nouvelle édition qui parut, en effet, cette même année, augmentée d'un conte, « Les Tombales ». C'est le texte de cette édition définitive que nous publions.

Signalons qu'Ambroise Vollard publia, en 1934, une édition de *La Maison Tellier* à laquelle il adjoignit des illustrations de Degas et que ce recueil est un de ceux qui a le plus tenté les cinéastes (voir la bibliographie, p. 196).

# BIBLIOGRAPHIE

## I. ÉDITIONS

Maupassant, *La Maison Tellier*, Victor Havard, 1881. Nouvelle édition augmentée (« Les Tombales »), Paul Ollendorff, 1891.

Maupassant, *La Maison Tellier*, illustrations de Degas, Ambroise Vollard, 1934.

Maupassant, *Contes et nouvelles*, préface par Armand Lanoux ; introduction, chronologie, avertissement, notices, notes et variantes par Louis Forestier, Bibliothèque de la Pléiade, Gallimard, 2 vol., 1974 et 1979, tirages revus : 1995.

Maupassant, *Boule de suif et autres contes normands*, édition de Marie-Claire Bancquart, Garnier, 1971.

Maupassant, *Chroniques*, coll. 10/18, U.G.E., 1980, 3 vol., nouveau tirage : 1993.

Maupassant, *Correspondance*, édition établie par Jacques Suffel, Le Cercle du bibliophile, Évreux, 3 vol., 1973.

Gustave Flaubert-Guy de Maupassant, *Correspondance*, texte établi, préfacé et annoté par Yvan Leclerc, Flammarion, 1993.

## II. TRAVAUX CRITIQUES

Amengual (Barthélemy), « *Une partie de campagne*, un film de Guy de Maupassant et Jean Renoir », voir : *Maupassant à l'écran*.

Bailbé (Joseph-Marc), *L'Artiste chez Maupassant*, Lettres modernes, 1993.

Bancquart (Marie-Claire), *Maupassant conteur fantastique*, Lettres modernes, 1976.

—, « Maupassant, la guerre, la politique », *Le Magazine littéraire*, janvier 1980.

—, « Maupassant et Paris », *Revue d'Histoire littéraire de la France*, sept.-oct. 1994.

Baron (Anne-Marie), « Maupassant peintre de la bureaucratie », *L'École des Lettres*, nᵒ 13, 1ᵉʳ juin 1993.

Berthomé (Jean-Pierre), « Trahir Maupassant pour rester Ophuls », voir : *Maupassant à l'écran.*

Besnard-Coursodon (Micheline), *Étude thématique et structurale de l'œuvre de Maupassant : le piège*, Nizet, 1973.

Brochier (Jean-Jacques), *Maupassant. Une journée particulière.* J.-C. Lattès, 1993.

Bury (Mariane), *La Poétique de Maupassant*, SEDES, 1994.

Cogny (Pierre), *Maupassant l'homme sans Dieu*, Bruxelles, La Renaissance du Livre, 1968.

Corbin (Alain), *Les Filles de noce*, Flammarion, 1982.

Danger (Pierre), *Pulsion et désir dans les romans et nouvelles de Guy de Maupassant*, Nizet, 1993.

Delaisement (Gérard), *Guy de Maupassant, le témoin, l'homme, le critique*, C.R.D.P. d'Orléans-Tours, 1984.

Dickson (Colin), « Théorie et pratique de la clôture : l'exemple de Maupassant dans *La Maison Tellier* », *French Review*, octobre 1990.

Dizol (Jean-Marie), « Une écriture précinématographique », voir : *Maupassant à l'écran.*

—, *Maupassant, de l'écrit à l'écran*, thèse, Université de Toulouse-Le Mirail.

Donaldson-Evans (Mary), *A Woman's revenge : a chronology of dispossession in Maupassant's fiction*, French forum, Lexington, 1986.

Forestier (Louis), *Boule de suif* et *La Maison Tellier*, Gallimard, coll. Pochothèque, 1995.

*Imaginer Maupassant*, numéro spécial de la *Revue des Sciences Humaines*, 1994-3.

Joly (Bernard), « La première phrase dans les *Contes et nouvelles* de Maupassant », *Les Cahiers naturalistes*, nᵒ 57, 1983.

Lanoux (Armand), *Maupassant le Bel-Ami*, Fayard, 1967; nouvelle édition, Le Livre de poche, 1983.

Léon (Yvonne), « Étude d'une nouvelle. Guy de Maupassant : " Une partie de campagne " », *L'École des Lettres*, 1ᵉʳ et 15 novembre 1984.

Lintvelt (Jaap), « L'Homme et l'animal dans les contes de Guy de Maupassant », *Acta litteraria Academiae scientiarum Hungaricae*, 1990.

*Maupassant à l'écran*, numéro spécial de *CinémAction*, avril 1993.

*Maupassant conteur et romancier*, edited by Christopher Lloyd and Robert Lethbridge, University of Durham, 1994.

*Maupassant et l'écriture*, actes du colloque de Fécamp, sous la direction de Louis Forestier, Nathan, 1993.

*Maupassant. Miroir de la nouvelle*, actes du colloque de Cerisy, textes réunis par Jacques Lecarme et Bruno Vercier, Presses Universitaires de Vincennes, 1988.

Mourgues (Nicole de), « *Masculin-Féminin* et " *La Femme de Paul* " : cinéma et littérature », *Études normandes*, 2, 1994.

*Le Naturalisme*, colloque de Cerisy, coll. 10/18, U.G.E., 1978.

Paris (Jean), « La Maison Tellier », dans *Lisible/Visible. Six essais de critique générative*, Seghers-Laffont, 1978.

Santelli (Claude), « L'Adaptation de Maupassant à l'écran », voir : *Maupassant et l'écriture.*

Savinio (Alberto), *Maupassant et « l'Autre »*, Gallimard, 1977.

Schmidt (Albert-Marie), *Maupassant*, Le Seuil, 1962. Nouvelle édition, 1976.

Scott (C.), « Divergent paths and pastoralism. Parallels and contrasts in Maupassant's " Une Partie de campagne " and " La Femme de Paul " », *P.M.L.S.*, n° 16, juillet 1980.

Tranouez (Pierre), « " La Maison Tellier " ou le lupanar généralisé », *L'École des lettres*, n° 13, 1er juin 1993.

Vial (André), *Faits et significations*, Nizet, 1973.

—, *Guy de Maupassant et l'art du roman*, Nizet, 1954.

Willi (Kurt), *Déterminisme et liberté chez Guy de Maupassant*, Zurich, Juris-Verlag, 1972.

### III. FILMOGRAPHIE[1]

Principales adaptations cinématographiques (C) ou télévisuelles (T) :

La Maison Tellier : *Le Plaisir*, (C), de Max Ophuls, France, 1952.

Les Tombales : *Les Tombales*, (T), de Carlo Rim, France, 1963.

Histoire d'une fille de ferme : *Ça commence par un péché*, (C), de Franz Cap, RFA/Yougoslavie, 1954.

— : *Histoire d'une fille de ferme*, (T), de Claude Santelli, France, 1973.

En famille : *En famille*, (T), de Carlo Rim, France, 1963.

Le Papa de Simon : *La Rafle est pour ce soir*, (C), de Maurice Dekobra, France, 1954.

Une partie de campagne : *Partie de campagne*, (C), de Jean Renoir, France, 1936-1946 [cassette vidéo : René Chateau vidéo productions].

— : *Le jour des noces*, (T), de Claude Goretta, Suisse, 1972.

La Femme de Paul : *Masculin féminin*, (C), de Jean-Luc Godard, France-Suède, 1966.

---

1. D'après la filmographie établie par Claude Guiguet, *Maupassant à l'écran*.

# NOTES

## La maison Tellier

*Page 29.*

1. Maupassant avait connu Tourgueniev (1818-1883) par l'intermédiaire de Flaubert. Il s'était pris d'admiration pour l'écrivain de *Terres vierges* grâce à qui ses premières œuvres furent connues en Russie.

*Page 31.*

1. L'église Saint-Étienne de Fécamp. Du chevet de l'église, dans la rue des Prés, on aperçoit les bassins du port, avec, au fond, les dominant, la chapelle Notre-Dame-du-Salut.

2. Il s'agit de la chapelle Notre-Dame-du-Salut, élevée entre le XI^e et le XIV^e siècle sur la falaise nord de Fécamp. C'était un lieu de pèlerinage très fréquenté.

3. « Le Préjugé du déshonneur » est le titre que Maupassant donne à une chronique parue dans *Le Gaulois* du 26 mai 1881. Il y traite de la susceptibilité masculine en matière d'adultère.

*Page 32.*

1. La rivière de Valmont coule dans une agréable vallée, à l'ouest de Fécamp. C'est le pays d'enfance de Maupassant qui en tirera l'un de ses premiers pseudonymes : Guy de Valmont.

*Page 33.*

1. La chopine représente un peu moins du demi-litre ; la canette, petite bouteille de verre épais spécialement conçue pour la bière, était de contenance variable : elle pouvait aller de 33 cl jusqu'au litre.

*Page 34.*

1. Dans *A la feuille de rose*, pièce libre de Maupassant, jouée en privé en 1875, Raphaële est aussi le nom de la fille dont Guy interprétait le rôle en travesti

2. Rosa la Rosse (contrepoint de « *rosa, la rose* », modèle de la première déclinaison latine, bien connue des collégiens!) possède la morphologie de Boule de suif.

*Page 36.*

1. En latin : pour raison de sécurité. On observe que le nom du médecin cité tout de suite après, est — à une lettre près — celui par lequel on désignait vulgairement le genre de « maison » tenue par M^me Tellier.

2. La législation exigeait des filles de maisons closes une visite médicale périodique. Elles offraient donc une sécurité relativement plus grande que les prostituées non déclarées ou clandestines.

3. Actuellement, quai Guy-de-Maupassant. C'est là que s'élevait la maison familiale de la mère de l'écrivain.

*Page 37.*

1. L'abbaye des Bénédictins de Fécamp, transformée en fabrique de liqueur. De l'endroit où l'on peut situer la maison Tellier, on s'y rend par la rue Saint-Étienne.

2. La première pensée de Maupassant avait été de faire chanter à ses matelots *God save the queen*. C'est Tourgueniev qui suggéra cet autre hymne fort populaire chez les Anglais ; il a été composé par Thomson, le poète des *Saisons*.

Maupassant avait fait la connaissance de Tourgueniev chez Flaubert. Une sympathie s'établit entre eux qui dura jusqu'à la mort de l'écrivain russe (1883). Celui-ci contribua à faire connaître Maupassant dans la Russie des Tsars ; Guy, de son côté, lui consacra plusieurs articles et lui dédia, comme on peut le voir p. 29, *La Maison Tellier*.

*Page 38.*

1. L'allumette-bougie était constituée d'une mèche imbibée de cire. Elle possédait l'avantage de durer plus longtemps que l'allumette ordinaire.

2. Il n'y a pas de Virville dans l'Eure ; quant au Virville de la Seine-Maritime, il ne répond nullement au trajet de chemin de fer indiqué plus loin. Maupassant a brouillé les pistes.

*Page 39.*

1. Les chemins de fer comportaient, alors, trois classes. Voyager en seconde implique une certaine tenue et un désir de paraître : les ouailles Tellier ne sortent pas de n'importe quelle « maison » !

2. Bréauté-Beuzeville. Embranchement de la ligne Rouen-Le Havre vers Fécamp et Étretat.

*Page 40.*

1. Étoffe très fine de poils de chèvre, souvent ornée d'impressions, fabriquée au Cachemire ou au Tibet. Les industries rouennaises en

produisaient des imitations. La cousine Bette était, selon Balzac, « en proie à l'admiration des cachemires ».

2. Première gare après Bréauté en direction de Rouen.

*Page 43.*

1. A trente kilomètres de Rouen. Embranchement de la ligne de Saint-Valery-en-Caux.

2. Porte-balle était le terme par lequel on désignait un mercier ambulant.

3. A peu de distance au sud de Rouen ; changement pour Elbeuf. La première gare après Oissel est Tourville.

*Page 44.*

1. Andouille et omelette composent aussi le repas campagnard typiquement normand dont la mère Duroy régale son fils et sa belle-fille dans *Bel-Ami* (coll Folio, p. 250).

*Page 48.*

1. Vêtement féminin de longueur variable ajusté comme un corsage.

*Page 49.*

1. Jusqu'aux lois Ferry de 1882 sur l'instruction primaire obligatoire, l'instituteur accompagnait les élèves aux principaux offices religieux.

2. Instrument de musique à vent, de forme contournée, et qui tenait lieu d'orgue dans la plupart des églises de village. Les musicologues lui reprochaient ses sonorités fausses.

*Page 56.*

1. Pierre-Jean de Béranger (1780-1857) restait un chansonnier très populaire. Maupassant lui vouait, en commun avec Flaubert, un mépris à peu près total.

2. *Le Gros Curé de Meudon* relève du répertoire de salle de garde ; mais *Ma grand'mère* n'est pas davantage un cantique de première communion ! On y célèbre l'atavisme en matière de légèreté féminine.

*Page 60.*

1. L'épinette était une sorte de clavecin. Elle n'était plus communément usitée depuis près d'un siècle.

2. A la différence du quadrille dansé à la Grenouillère (cf. « La Femme de Paul »), celui de la maison Tellier se recommande par la sagesse et la tenue qui conviennent aux endroits bien fréquentés !

## Les Tombales

*Page 63.*

1. Publié dans *Gil Blas*, le 9 janvier 1891 ; c'est le dernier conte que Maupassant donne à ce quotidien, c'est aussi le seul qu'il ajoute à l'édition définitive de *La Maison Tellier* (Ollendorff, 1891).

Selon une note inédite citée par André Vial (*Guy de Maupassant et l'art du roman*, p. 314), c'est Henry Céard qui aurait fourni à l'écrivain le sujet du conte.

2. Le portrait de Joseph de Bardon n'est pas sans comporter des ressemblances avec celui de Guy de Maupassant.

*Page 65.*

1. Le tombeau des Cavaignac est orné d'une statue couchée en bronze par Rude, qui représente le plus jeune des deux frères, Eugène (1802-1857), président de la République en 1848. Le tombeau de Louis de Brézé, sénéchal de Normandie, se trouve dans la chapelle de la Vierge ; on l'attribue à Noël Quesnel sur un dessin de Jean Goujon.

2. Depuis 1889, les restes de Jean-Baptiste Baudin, né en 1811, « représentant du peuple mort en défendant le Droit et la Loi, le 3 décembre 1851 », reposaient au Panthéon. Son tombeau, au cimetière Montmartre, comportait une statue couchée par Aimé Millet, sculpteur (1819-1891). Ce dernier avait également exécuté la statuette de la Jeunesse qui se trouve sur la tombe du poète de la bohème, Henri Murger (1822-1861). Le monument de Théophile Gautier (1811-1872) est un sarcophage, avec une statue de la Poésie par Godebski et des inscriptions.

*Page 66.*

1. Eugène Labiche (1815-1888) et Henry Meilhac (1831-1897) sont deux auteurs de pièces comiques à succès. Paul de Kock (1794-1871) est un romancier d'une extraordinaire fécondité ; il a peint avec verve, et parfois polissonnerie, les milieux estudiantins et bourgeois de Paris.

*Page 67.*

1. La grande période des combats au Tonkin se situe entre 1883 et 1886. En 1887, la pacification était réalisée, mais il y eut des accrochages avec les « pirates » du haut Tonkin jusqu'en 1896.

*Page 70.*

1. Maupassant a consacré une chronique à « L'art de rompre » (*Le Gaulois*, 31 janvier 1881).

## Sur l'eau

*Page 72.*

1. Sous la forme définitive qu'il présente, ce conte paraît pour la première fois dans *La Maison Tellier*. Il n'est, pourtant, que le remaniement de « En canot », inséré en mars 1876 dans *Le Bulletin français*.

2. A partir de 1873, Maupassant avait loué une chambre dans une auberge d'Argenteuil, en bordure de la Seine

*Page 73.*

1. Victor Hugo, *Les Rayons et les Ombres*, « Oceano nox ».
2. Vraisemblablement Chatou.

*Page 74.*

1. Maupassant utilisait réellement un gros bateau qu'il avait baptisé *L'Étretat*

*Page 77.*

1. On trouvera des analyses plus précises de la peur dans le conte qui porte ce nom (*Contes de la bécasse*, 1883) et dans la chronique « Le Fantastique » (*Le Gaulois*, 7 octobre 1883).

*Page 78.*

1. On rapprochera ce conte de « La Peur », « Le Horla » et du volume de voyages intitulé *Sur l'eau*. Pour la passion de la rivière, comparer avec « Mouche ».

## *Histoire d'une fille de ferme*

*Page 79.*

1. Préoriginale : *Revue politique et littéraire (Revue bleue)*, 26 mars 1881.

*Page 80.*

1. Se couvrait de crème.

*Page 83.*

1. Voir « La Maison Tellier », note 1 de la p. 48. L'indienne est une étoffe, généralement imprimée, d'abord fabriquée en Inde comme son nom l'indique ; au XIXe siècle, les manufactures de Rouen s'en étaient fait une spécialité.

*Page 91.*

1. Valet de ferme.

*Page 92.*

1. On trouve une situation semblable dans un poème de Maupassant, « Vénus rustique » (achevé en 1878), recueilli dans *Des vers*. Cette fuite en avant, pour échapper à soi-même, évoque malgré la différence de contexte, celle à laquelle s'abandonne Jeanne dans *Une vie* (chap. VII, Folio p. 132-133).

*Page 98.*

1. Relique renfermant du sang du Christ. Parvenue miraculeusement à Fécamp, elle fut d'abord conservée dans l'abbaye bénédictine, puis dans l'église de la Trinité où on la vénère encore. Il existe aussi, à

Fécamp, une fontaine du Précieux Sang qui possédait, disait-on, le pouvoir de guérir les rachitiques.

## En famille

*Page 102.*

1. La nouvelle fut d'abord publiée dans *La Nouvelle Revue*, dirigée par Mme Adam (Juliette Lamber), le 15 février 1881. Peu après sa parution, Jules Laforgue jugeait ainsi cette œuvre : « *La Nouvelle Revue* a publié *En famille*, une nouvelle à la Mérimée de Guy de Maupassant, aussi forte que *Boule de suif* » (*Lettres à un ami*, p. 37).

2. Ce tramway assurait le service entre l'Étoile et l'actuel ensemble de la Défense (anciennement rond-point de Courbevoie).

*Page 103.*

1. Maupassant n'a cessé de vitupérer ces misérables constructions de campagne, vanité de la petite bourgeoisie (voir « Les Dimanches d'un bourgeois de Paris », « Le Père Mongilet », et la chronique « Propriétaires et lilas » dans *Le Gaulois* du 29 avril 1881).

2. On se rappelle que Maupassant lui-même a été employé au ministère de la Marine de 1872 à 1879.

3. L'officier de santé était un praticien qui, après des études succinctes et sans avoir obtenu le diplôme, était cependant autorisé à exercer la médecine. Il ne pouvait se prévaloir du titre de docteur : mais Chenet passe outre l'interdiction. Cette catégorie de médecins, supprimée en 1892, n'était pas toujours fort experte : on le voit à travers le Charles Bovary de Flaubert.

4. La même idée est développée dans la chronique « Les Employés » (*Le Gaulois*, 4 janvier 1882).

5. Le quotidien visé est, sans doute, *Le Petit Journal*, largement diffusé auprès d'une clientèle modeste de petits-bourgeois. Il tirait à 500 000 exemplaires en 1876, ce qui est considérable pour l'époque.

*Page 105.*

1. Le conte intitulé « Décoré ! » exploitera ce désir du petit fonctionnaire pour la *croix*, et son orgueil d'en être porteur.

*Page 106.*

1. Graphie qui traduit la prononciation familière du mot « aztèque », souvent employé péjorativement.

2. Passe-temps médiocre par excellence, mais alors très répandu, et que raillent à l'envi romanciers et poètes (Musset, Cros, Flaubert, etc.).

3. Polissonner.

*Page 108.*

1. Félix Potin, d'abord destiné au notariat, avait fondé en 1844 un commerce d'épicerie qui prospéra très vite et prit l'ampleur qu'on sait.

En 1882, plus de cinquante voitures de livraison à son nom sillonnaient Paris.

*Page 114.*

1. Un exemple de cette attitude irrespectueuse est fourni par le conte « Un réveillon » *(Mademoiselle Fifi).*

2. On désignait du nom de *rincette* l'eau-de-vie qu'on buvait dans la tasse après le café.

*Page 115.*

1. La présence d'un alexandrin bien constitué est rare dans la prose de Maupassant, c'est généralement le signe d'une intention ironique ou satirique. Faut-il y voir un démarquage du vers de Victor Hugo : « Les souffles de la nuit flottaient sur Galgala » *(La légende des siècles,* « Booz endormi ») et, par suite, une dévalorisation de la scène ?

*Page 116.*

1. On a bien souvent noté l'extrême sensibilité olfactive de Maupassant. Son héros lui ressemble et fournit, de plus, l'exemple d'un fait de mémoire involontaire

*Page 117.*

1. Autre clair de lune sur la rivière dans « Sur l'eau » (ci-dessus p. 77).

*Page 120.*

1. *Se mettre dans la commise,* expression issue de l'ancienne jurisprudence, signifie se mettre dans une situation compromettante.

2. Le motif décoratif est volontairement grotesque. Il caricature un jeu qui semble avoir fait fureur à l'époque (cf. *Bel-Ami,* collection Folio, p. 81).

*Page 129.*

1. On reconnaît, ici, au moins une formule célèbre de Proudhon. L'ensemble de ces affirmations faisait partie du programme politique des Républicains les plus avancés, des libertaires et des anarchistes (cf. Jean Grave, *Quarante ans de propagande anarchiste,* édité par Mireille Delfau, Flammarion, 1973).

*Page 131.*

1. On peut rapprocher ce conte du « Vieux ».

### Le Papa de Simon

*Page 132.*

1. Publié le 1$^{er}$ décembre 1879 dans *La Réforme politique, littéraire, philosophique, scientifique et économique.* Le conte semble cependant avoir été composé plus tôt, en 1877.

« Le Papa de Simon » propose au lecteur l'un des très rares personnages d'ouvrier campés par Maupassant. De là à conclure à son dédain pour cette classe, il n'y a qu'un pas. La vérité est peut-être, comme l'a suggéré André Vial, qu'il refuse d'exercer son génie satirique aux dépens des ouvriers.

2. Ce mot s'employait couramment au siècle dernier, pour : déjeuner.

3. Polissonner, même emploi page 106.

### Page 135.

1. Maupassant a toujours été très sensible aux mouvements collectifs et à leurs élans imprévisibles et cruels. Voir l'article intitulé « Les Foules », donné par l'écrivain au *Gaulois* du 23 mars 1882.

### Page 140.

1. Le personnage du bon ouvrier forgeron est en passe de devenir un poncif du temps. On en décèle la présence de Thiers à Zola, en passant par Coppée et Rimbaud.

## Une partie de campagne

### Page 142.

1. Publié dans *La Vie moderne*, 2 et 9 avril 1881. La nouvelle se réfère à l'époque où Maupassant pratiquait le canotage sur les bords de Seine, vers Bougival et Chatou (voir : « Sur l'eau » et « La Femme de Paul »). Jean Renoir a tiré de ces pages un très beau film, bien qu'inachevé (1936-1946).

2. Sainte Pétronille — évidemment Maupassant s'amuse de ce nom — se fête le 31 mai.

3. Actuel ensemble de la Défense. Maupassant l'a déjà cité dans « En famille ».

### Page 143.

1. Autres vues panoramiques de la Seine dans « Une triste histoire », « Monsieur Parent » et *Bel-Ami* (coll. Folio, p. 244).

2. Le restaurant Poulin était situé au pont de Bezons. Maupassant y disposait d'une chambre et y passait le plus clair de son temps libre.

### Page 145.

1. Dans une chronique du *Gaulois* (12 mai 1881), Maupassant parle des balançoires comme d'*odieux engins de plaisir, la joie des femmes à la campagne, instruments de migraines et de maux de cœur, qui, le dimanche, emplissent la banlieue parisienne de leur mouvement régulier, incessant, monotone, étourdissant.*

### Page 146.

1. Dès l'époque de Maupassant, cette expression familière s'orthographiait plutôt : chouette.

*Page 149.*

1. Cet « idéal » fournit le sujet de contes comme « Deux amis » ou « Le Trou ».

2. Une des extrémités de l'île d'Herblay.

*Page 150.*

1. Il s'agit d'une auberge de Bezons, dénommée « Au Robinson du Pêcheur ».

*Page 151.*

1. Voir Shakespeare, *Roméo et Juliette*, acte III, sc. 5.

## Au printemps

*Page 156.*

1. Ce conte parut pour la première fois dans le recueil *La Maison Tellier*. Quelques mois plus tard, *La Vie populaire* (supplément hebdomadaire du *Petit Parisien*) le publiait à nouveau, le 9 octobre.

*Page 157.*

1. Ce n'est pas le nom d'un bâtiment particulier, mais le terme générique par lequel on désignait les bateaux omnibus qui assuraient un service au long de la Seine, entre Paris et la banlieue.

*Page 159.*

1. Maupassant parle en connaissance de cause, ayant été lui-même employé du même ministère de 1872 à 1878.

*Page 160.*

1. Célèbre chanson figurant dans la pièce que Murger, en collaboration avec Théodore Barrière, a tirée des *Scènes de la vie de bohème*. Musette, une des deux héroïnes, y représente la jeune femme charmante et facile. La musique de cette chanson est de Nargeot.

*Page 161.*

1. Paragraphe surprenant, sous la plume de Maupassant. Ce qui s'y trouve exprimé paraît provenir, pour l'essentiel, des *Sœurs Vatard* (1880) ou de *En ménage* (mars 1881) de Huysmans.

## La Femme de Paul

*Page 164.*

1. Pas de préoriginale connue ; première publication dans le recueil *La Maison Tellier*.

2. Ce nom en dissimule un autre : celui du célèbre restaurant Fournaise, en dessous du pont de Chatou. C'était un lieu de rendez-vous pour la jeunesse et les artistes, impressionnistes en particulier. Renoir et Monet s'en inspirèrent. C'est là que se situe le célèbre déjeuner des canotiers.

3. On peut reconnaître, dans ces lignes, le portrait d'Hercule Fournaise (dont le vrai prénom était Alphonse), patron du restaurant.

4. La Grenouillère était un établissement de bains. Installé entre l'île de Chatou et la rive droite de la Seine, il faisait guinguette le dimanche et les promeneurs y venaient en foule. Maupassant parle encore de la Grenouillère dans « Yvette ».

*Page 165.*

1. Surnom d'un minuscule îlot planté d'un arbre, que des passerelles reliaient à la fois à la terre et à la guinguette de la Grenouillère. En 1869, le « Pot-à-fleurs » a été peint simultanément par Monet (Metropolitan Museum, New York) et par Renoir (Musée national, Stockholm) qui a également représenté d'autres vues de la Grenouillère (Moscou, musée Pouchkine).

*Page 166.*

1. Jeune élégant maniéré. L'appellation est péjorative.

2. *Yole :* embarcation de deux à six rameurs, longue, légère et rapide ; le *skif*, tendu de toile et destiné à un seul rameur, est plus rapide et léger que la yole ; la *périssoire* est assez semblable au skif, elle se manœuvre à la pagaie ; le *podoscaphe* était un canot de plaisance mû à la pagaie, cf. le tableau de Courbet *La Dame au podoscaphe ;* on appelle *gig* une sorte de yole à quatre, six ou huit avirons.

*Page 168.*

1. Au sens propre, le chahuteur est celui qui exécute le *chahut,* danse dépourvue de retenue et, d'ailleurs, interdite dans les lieux publics.

2. Surnom familier de l'employé en magasin de bonneterie et de nouveautés.

3. Le duel était, alors, chose courante et banale. Maupassant le rappelle dans la préface qu'il donne, en 1883, au livre du baron Ludovic de Vaux, *Les Tireurs au pistolet.* Guy pratiquait lui-même avec talent l'escrime et le tir. Un chapitre de *Bel-Ami* est consacré au duel que le héros va soutenir contre un calomniateur (Iʳᵉ partie, chap. VII).

*Page 171.*

1. Saint-Lazare (située au 107 rue du Faubourg Saint-Denis) était une prison pour femmes. Elle fut utilisée jusqu'en 1935 et démolie en 1940.

*Page 178.*

1. Le cancan est une danse populaire. Le plus célèbre fut mené par la Goulue et Valentin-le-Désossé qu'on pouvait aller voir au Moulin-Rouge.

Il y a, dans cette partie de la nouvelle de Maupassant, une atmosphère à la Toulouse-Lautrec.

*Page 183.*

1. La braise, en argot, c'est l'argent ; d'où, ici, un pourboire.

# DU MÊME AUTEUR

*Dans la même collection*

YVETTE. *Édition présentée et établie par Louis Forestier.*

CLAIR DE LUNE. *Édition présentée et établie par Marie-Claire Bancquart.*

LA MAIN GAUCHE. *Édition présentée et établie par Marie-Claire Bancquart.*

# COLLECTION FOLIO

3491. Nathalie Rheims — *L'un pour l'autre.*
3492. Jean-Christophe Rufin — *Asmara et les causes perdues.*
3493. Anne Radcliffe — *Les Mystères d'Udolphe.*
3494. Ian McEwan — *Délire d'amour.*
3495. Joseph Mitchell — *Le secret de Joe Gould.*
3496. Robert Bober — *Berg et Beck.*
3497. Michel Braudeau — *Loin des forêts.*
3498. Michel Braudeau — *Le livre de John.*
3499. Philippe Caubère — *Les carnets d'un jeune homme.*
3500. Jerome Charyn — *Frog.*
3501. Catherine Cusset — *Le problème avec Jane.*
3502. Catherine Cusset — *En toute innocence.*
3503. Marguerite Duras — *Yann Andréa Steiner.*
3504. Leslie Kaplan — *Le Psychanalyste.*
3505. Gabriel Matzneff — *Les lèvres menteuses.*
3506. Richard Millet — *La chambre d'ivoire...*
3507. Boualem Sansal — *Le serment des barbares.*
3508. Martin Amis — *Train de nuit.*
3509. Andersen — *Contes choisis.*
3510. Defoe — *Robinson Crusoé.*
3511. Dumas — *Les Trois Mousquetaires.*
3512. Flaubert — *Madame Bovary.*
3513. Hugo — *Quatrevingt-treize.*
3514. Prévost — *Manon Lescaut.*
3515. Shakespeare — *Roméo et Juliette.*
3516. Zola — *La Bête humaine.*
3517. Zola — *Thérèse Raquin.*
3518. Frédéric Beigbeder — *L'amour dure trois ans.*
3519. Jacques Bellefroid — *Fille de joie.*
3520. Emmanuel Carrère — *L'Adversaire.*
3521. Réjean Ducharme — *Gros Mots.*
3522. Timothy Findley — *La fille de l'Homme au Piano.*
3523. Alexandre Jardin — *Autobiographie d'un amour.*
3524. Frances Mayes — *Bella Italia.*
3525. Dominique Rolin — *Journal amoureux.*
3526. Dominique Sampiero — *Le ciel et la terre.*
3527. Alain Veinstein — *Violante.*
3528. Lajos Zilahy — *L'Ange de la Colère (Les Dukay tome II).*

3529. Antoine de Baecque et Serge Toubiana — *François Truffaut.*

*Composition Bussière*
*et impression Bussière Camedan Imprimeries*
*à Saint-Amand (Cher), le 20 octobre 2001.*
*Dépôt légal : octobre 2001.*
*1ᵉʳ dépôt légal dans la collection : août 1995.*
*Numéro d'imprimeur : 014700/1.*
ISBN 2-07-039401-8./Imprimé en France.